A comme Association

Là où les mots n'existent pas

Là où les mots n'existent pas

Erik L'Homme

Gallimard Jeunesse / Rageot Éditeur

Le papier de cet ouvrage est composé de fibres naturelles, renouvelables, recyclables et fabriquées à partir de bois provenant de forêts plantées et cultivées expressément pour la fabrication de la pâte à papier.

Maquette : Didier Gatepaille

ISBN : 978-2-07-063846-8
Loi n° 49-956 du 16 juillet 1949
sur les publications destinées à la jeunesse
Dépôt légal : juin 2011
N° d'édition : 180899
Achevé d'imprimer sur Roto-Page
par l'imprimerie Grafica Veneta S.p.A.
Imprimé en Italie

Prologue

Ombe ne mentait pas. On vole littéralement.

Plus de feux, plus de panneaux, juste les lumières de la ville qui se confondent dans une grande traînée lumineuse.

Et le rugissement du moteur.

Je me cramponne, les deux bras autour de sa taille.

Je ne peux m'empêcher de respirer son odeur, près de son cou. Ce n'est pas du parfum mais une fragrance naturelle. Un mélange de mousse et d'herbe brûlée, de pierre chauffée au soleil et d'eau de rivière.

C'est délicieux.

Mon cœur s'affole tandis que je me contrains au calme.

Le mot « sœur » m'est venu naturellement, tout à l'heure. Il s'est imposé à moi comme une évidence. Il me paraissait le plus adapté, le plus juste pour décrire ce que je ressens au fond de moi depuis ce soir – depuis toujours ?

– C'est le plus beau Noël de ma vie ! je hurle contre son casque.

– Hein ? Je n'entends pas ! répond-elle en penchant la tête.

– Non, rien !

Et pour moi, seulement pour moi, je chante à tue-tête les paroles des *Doors* qui disparaissent dans la nuit, emportées par le vent de la course :

« *Take a long holiday*
Let your children play
If ya give this man a ride
Sweet memory will die
Killer on the road, yeah[1]*...* »

1. The Doors, « *Riders on the storm* ».

1

L'obscurité.

L'obscurité et le silence.

Bip.

Je suis sur le dos, les bras en croix, le regard perdu dans les ténèbres. Je ne parviens pas à bouger. Je suis sur le dos et quelque chose m'écrase, de lourd, d'épais, de noir. Comme du goudron. J'ai du mal à respirer.

Bip.

J'ai souvent fait ce genre de cauchemar. C'est la nuit. Je tombe dans un étang en fuyant des monstres. Je suis aspiré par la vase, jusqu'au fond. J'appelle au secours, mes poumons se remplissent d'eau. Je suffoque. Je me redresse dans mon lit et je hurle.

Bip.

Sauf que là je n'arrive pas à ouvrir la bouche.

Bip.

Où je suis ? Aucune idée. Est-ce que c'est ça, la mort ? Non. La mort, c'est l'absence totale de sensation. De perception. De conscience. Et là j'ai mal. Enfin je crois. Donc je pense, puisque je me demande si je suis mort…

La mort… Là où les mots n'existent pas.

Bip.

Un bourdonnement.

Bip.

Il me semble entendre un bourdonnement. Une abeille, près de mon oreille, qui agiterait ses ailes, loin, très loin.

Bip. Bip.

Un fourmillement.

Bip. Bip.

Dans mes doigts.

Bip. Bip. Bip.

Non, sur mes doigts. Comme si ma main, inerte, servait de socle à la construction d'une fourmilière.

Bip. Bip. Bip.

J'ai compris. Je suis cent pieds sous terre. Le poids qui écrase ma poitrine, c'est la boue, la fange dont on m'a recouvert. Le bruit qui parvient à mes oreilles, c'est l'inéluctable approche de l'armée des vers, et la sensation de brûlure sur mes doigts, leur avant-garde qui goûte la marchandise. On m'a enterré vivant. On m'a enterré vivant…

On m'a enterré vivant !

Biiiiiiiiiiip.

– Jasper !

Mes yeux papillonnent lourdement. Une clarté intense s'immisce sous mes paupières et me blesse.

– La lumière ! Baissez la lumière, bon sang !

J'ai déjà entendu cette voix.

La pénombre revient et m'apaise. Je parviens à tourner légèrement la tête sur le côté et à entrouvrir les yeux. Je veux voir ma main, ma main rongée par les vers. Mordue par les fourmis.

Pas de fourmis. Mais une autre main dans la mienne. Une main sèche qui s'est emparée de mes doigts et les masse doucement.

– Jasper ?

Cette voix. Je la connais aussi.

Je fais un effort gigantesque pour relever la tête et regarder autour de moi. Quelqu'un me redresse contre l'oreiller, avec précaution.

Je suis dans un lit. Un lit blanc. Tout est blanc autour de moi.

Au-dessus de ma tête, une poignée se balance mollement. Des appareils clignotent. Une aiguille est plantée dans mon bras.

Je suis dans une chambre d'hôpital.

– Ne parle pas, garde tes forces, me dit la première voix, celle d'un homme, chaude et légèrement tremblante.

– Tu reviens de loin, ajoute une deuxième voix, douce et féminine, dans laquelle perce le soulagement. De très loin.

– Tu nous as fait une belle peur, gamin, précise une troisième voix, caverneuse.

– Ro...se ? je parviens à articuler. Wa... Walter ? Et... le Sphinx ?

J'ai l'impression qu'on a passé sur ma langue le grattoir d'une éponge et qu'une colonie de porcs-épics a élu domicile dans ma gorge. Je tousse. Walter approche un verre de ma bouche. Le Sphinx me tient la tête comme à un enfant.

Mon cerveau commence à se réveiller.

Lentement, très lentement.

Walter est un petit homme, bedonnant et chauve, qui transpire beaucoup. C'est le directeur de l'Association.

L'Association, c'est l'organisation pour laquelle je travaille.

Rose – mademoiselle Rose – est la secrétaire de l'Association. Grande, maigre, avec un chignon et des lunettes. C'est à elle que je fais mes rapports puisque je suis Agent de l'Association, Agent stagiaire...

Le Sphinx, lui, c'est l'armurier. Le maître des lames et des potions. Gladiateur, dans une autre vie. S'il a quitté sa cave et ses papillons, c'est que la fin du monde est proche.

J'ai l'impression que ma tête va exploser.

– Qu'est-ce qui… s'est passé ? Qu'est-ce… que je… fais là ? je continue péniblement.

– Tu as eu un accident, réplique Walter, après un bref échange de regards avec le Sphinx et mademoiselle Rose.

Je ferme les yeux.

Je suis à l'hôpital parce que j'ai eu un accident.

Logique.

Reste à me rappeler comment j'ai eu cet accident.

Une voiture ? Est-ce qu'une voiture m'a renversé ? Non.

Un camion ? Non plus.

Je suis peut-être tombé de mon scooter…

Non, il est toujours aux entrepôts, sur les bords de Seine, je ne l'ai pas encore récupéré.

Une moto ! Je me souviens, j'étais sur une moto. Ce n'est pas moi qui conduisais.

Pas moi qui conduisais…

Je rouvre les yeux et je cherche autour de moi.

Un lit.

Un autre lit.

Je laisse ma tête retomber sur l'oreiller.

Je suis seul dans la chambre.

– Ombe ? je demande d'une voix cassée. Elle était sur la moto…

– Du calme, petit, intervient le Sphinx.

Dans ses yeux bleu pâle, je lis une immense tristesse.

– Tu dois te reposer, renchérit Walter en évitant mon regard, tandis que mademoiselle Rose accentue sa pression sur ma main.

– Répondez-moi, Walter, je murmure, en sentant d'irrépressibles sanglots monter de ma poitrine. Où est Ombe ?

Je n'écoute pas la réponse. Est-ce que Walter, ou le Sphinx, ou mademoiselle Rose, m'ont répondu ? Aucune importance. Parce que je sais.

Comme un couteau aiguisé vient déchirer une étoffe.

Comme un éclair illumine brutalement un paysage envahi par la nuit.

Je sais.

Tout me revient et me submerge.

J'étais derrière Ombe, on roulait dans les rues désertes. Je chantais. J'étais heureux. Et puis un homme a surgi d'une ruelle, devant nous. Ombe a freiné pour l'éviter.

L'autre n'a pas bougé. Il a sorti une arme de sous son manteau. Et il a tiré.

Ce n'était pas des balles. C'était bien pire.

Un long jet de flammes froides a frappé Ombe, de plein fouet.

Elle a hurlé.

Hurlé.

Moi aussi, j'ai hurlé, parce qu'une partie, une petite partie du terrible rayon m'a touché.

Mais c'est Ombe qui a tout pris.

La moto s'est couchée. Elle a glissé longtemps, interminablement, pour finir sa trajectoire contre la vitrine d'un magasin qui s'est brisée en déclenchant une alarme stridente.

Je suis resté un moment sur le dos, les bras en croix, le regard perdu dans le ciel qui s'assombrissait à toute allure.

J'ai perdu connaissance…

– Noooooooooon ! je hurle en me redressant dans mon lit d'hôpital. Noooooooooon !

– Infirmière ! appelle Walter.

Il y a de la colère dans sa voix. De la rage.

Je continue de hurler. Je pleure aussi.

Je m'étouffe dans mes sanglots. Les tentatives de mademoiselle Rose pour me calmer s'avèrent inutiles. Même le Sphinx peine à me maintenir sur le lit.

L'infirmière arrive enfin. On m'injecte un produit.

Ma respiration se calme, peu à peu.

Walter, Rose, le Sphinx, l'infirmière, le goutte-à-goutte, les lumières des appareils, tout devient flou et s'estompe progressivement.

Il me semble un instant respirer une vague odeur de mousse et d'herbe brûlée, de pierre chaude et d'eau fraîche.

Puis je m'enfonce dans mon oreiller.
Aspiré par la vase, jusqu'au fond.
Bip.
L'obscurité.
Bip.
L'obscurité et le silence.

Une confidence

Je me souviens de notre première rencontre, Ombe. C'était pendant le séminaire de rentrée, au 13 rue du Horla, dans la bibliothèque. Walter en personne nous faisait un topo sur l'Association, définissant ses moyens et ses objectifs. Je m'étais pris les pieds dans le sac d'un abruti de stagiaire et je m'étais raccroché à toi. Tu m'avais redressé aussitôt, vigoureusement mais sans brutalité. Le regard que tu m'avais jeté, tandis que je bafouillais une excuse, était expressif. Un mélange d'intérêt et d'agacement. Je crois que c'est ce que j'ai toujours lu dans le bleu profond de tes yeux lorsqu'ils se posaient sur moi…

2

Depuis combien de temps je suis là ? Des heures sûrement. Des jours peut-être. Des semaines ?

Je sors de mon inconscience à la façon d'un noyé regagnant la surface, avec des mouvements maladroits, en suffoquant.

Le Sphinx, Rose et Walter sont partis. Je suis seul.

Seul avec les bips-bips de l'appareil et les ploc-ploc du goutte-à-goutte.

Seul avec le chaos de mes pensées.

Avec le grincement de mes souvenirs.

Ombe.

Ombe qui a encaissé le flux d'énergie qui nous visait tous les deux.

Ombe qui a fait corps avec sa machine jusque dans la vitrine du magasin, m'abandonnant sur le bitume.

Ombe qui m'a sauvé la vie. Deux fois. En empêchant le rayon de m'atteindre et en déclenchant l'alarme avec sa moto.

Hier soir – à moins que ce ne soit avant-hier soir ou avant-avant-hier soir – on avait parlé, tous les deux, du type qui avait essayé de me refroidir dans une ruelle, à proximité de la rue du Horla, avec son Taser mystique. Et de celui à la moto rouge, qui avait pris Ombe en chasse sur le périphérique et qu'elle avait retrouvé, plus tard, sur un pont au-dessus du métro. Son copain garou l'avait étendu raide mort…

Tous les deux, on avait senti la même douleur sourdre du Taser trafiqué. On avait frissonné en décrivant, chacun notre tour, cette sensation d'être dévorés de l'intérieur par des flammes glacées. On en avait conclu, puisque nous étions les seuls à avoir été agressés de cette façon – Ombe avait en effet parlé du premier accrochage à Walter, et Walter avait eu l'air sincèrement surpris –, que quelqu'un nous en voulait personnellement.

L'Association n'avait pas pu fournir d'explication. Quant à moi, je n'ai jamais rapporté l'épisode de la ruelle à mademoiselle Rose. Par négligence. Par stupidité. Si je l'avais fait, est-ce que ça aurait changé quelque chose ?

– Jasper ?

Je tourne la tête vers la porte qui s'ouvre.

Walter est là, arborant une énorme cravate rouge sur une chemise bleue délavée. La sueur perle sur son crâne. Je me rends compte seulement à cet instant que je n'avais jamais vu Walter en dehors des locaux de l'Association depuis notre premier rendez-vous, au café Mourlevat.

Il y a six mois de ça.

Un siècle…

Walter entre et referme la porte derrière lui. Il prend une chaise appuyée contre le mur et vient s'asseoir à mes côtés.

– Comment tu te sens, mon grand ?

– Comment je devrais me sentir, Walter ?

Ma voix est lasse. Walter toussote. Visiblement, il ne sait pas comment amener le sujet.

Je reprends la parole.

– Je suis dans ce lit depuis combien de temps ?

– Presque trois jours. Les médecins sont perplexes. D'habitude, on ne réagit pas comme ça à une chute. D'autant que tu n'as pratiquement pas d'ecchymoses. Pas de choc à la tête, pas de traumatisme.

– La chute n'y est pour rien, je murmure.

Walter approche encore sa chaise.

– Qu'est-ce que tu dis ?

– Je dis que ce n'est pas à cause de la chute. On nous a tiré dessus. Un type. Avec une arme bizarre. Ombe a pris la décharge. Elle m'a protégé. Le rayon m'a juste égratigné. Ce n'était pas la première fois.

Je balance tout, très vite, pour ne pas être interrompu par les sanglots que je sens monter dans ma gorge.

Walter s'empare de ma main et la tapote affectueusement. Ce geste paternel m'apaise.

– Calme-toi, Jasper. Tu es encore faible. Tu dis qu'on vous a tiré dessus ?

– Oui. Avec une sorte de Taser. Un jet de flammes froides. Oh, Walter, je me suis senti mourir quand elles m'ont effleuré !

Re-tapotage de la main.

– Ombe avait déjà échappé à une agression de ce genre, me confie Walter.

– À deux agressions, je corrige. Elle n'a pas eu le temps de vous en parler. Ça s'est passé… il y a quatre ou cinq jours. Elle a été sauvée par un de ses copains, qui a tué le type au Taser.

Walter fronce les sourcils.

– Mais ils étaient au moins deux, je continue. Il y en a un autre qui a essayé de m'avoir. Le lendemain de l'histoire avec le démon de l'entrepôt. Je m'en suis tiré grâce à un collier de cristaux protecteurs. J'ai réussi à m'enfuir.

– Tu n'en as pas parlé à Rose ?

La question de Walter sonne comme un reproche.

– Je… J'ai oublié. Ça ne me semblait pas urgent.

Walter ferme les yeux et s'oblige à respirer calmement.

– Ça l'était peut-être, dit-il d'une voix maîtrisée.

On échange un regard lui et moi. Il n'y a dans le sien aucune dureté. Juste de la sollicitude. Et du chagrin. Beaucoup de chagrin.

– Et Ombe ? Elle…, je me décide enfin à demander.

– Je suis désolé, Jasper. Ombe n'a pas survécu à ses blessures.

Il lui en coûte de prononcer ces mots. Je le lis sur son visage.

– Elle est… je dis comme si j'attendais un miracle.

Je veux l'entendre. J'ai besoin de l'entendre. Je sais que je n'y croirai pas mais il faut que quelqu'un me le dise.

– Ombe est morte, Jasper.

Je ferme les yeux à mon tour.

Morte.

Ombe est morte.

Je fais tourner la phrase cent fois dans ma tête.

Qu'est-ce que ces mots signifient ? Je crois qu'ils veulent dire qu'un jour – un soir – on se rencontre enfin et on se fait, sans les exprimer, des tas de promesses pour le lendemain.

Et que ce lendemain n'existera jamais.

Comme un interrupteur. Clic, Ombe est là. Clic, elle n'est plus là. Un interrupteur à usage unique. Pas de clic, Ombe re-là.

Ombe plus jamais là.

Plus jamais.

– Walter… Oh, Walter…

Je m'assieds dans le lit et je cherche des bras cet homme qui vient de perdre un Agent. Non, plus qu'un Agent, je l'ai lu dans ses yeux : une enfant.

Walter nous a toujours considérés, tous, comme ses petits.

Il me prend contre lui, avec une tendresse inattendue, et je laisse les larmes m'envahir.

Mon chagrin me submerge.

Je hoquette, je sanglote dans ses bras.

Il ne dit rien.

Il sait lui aussi qu'il n'y a rien à dire.

Prise de tête

Je me suis, comme tout le monde, posé pas mal de questions sur la mort. Qu'est-ce qui se passe après? Est-ce qu'on va quelque part? C'est normal, je crois. De se poser des questions en tout cas. Puisqu'il n'existe pas de réponses. Enfin, de réponses sûres. La mort, c'est le genre de truc qu'il faut expérimenter soi-même. Aucun témoignage ne nous est parvenu a posteriori. *Certains magiciens – qu'on appelle nécromanciens ou nécromants – ont réussi à ramener des morts à la vie. Mais aucun d'eux ne leur a jamais rien confié. Parce que ces morts-vivants n'avaient de souvenirs que de leur vie.*

J'ai lu sur la question pas mal d'ouvrages de gens bien plus vieux et savants que moi.

Certains préfèrent imaginer cet au-delà en compagnie d'un dieu terrible ou indulgent. D'autres ne voient rien, sinon l'esprit s'éteindre comme s'éteint un écran d'ordinateur quand les circuits du corps partent en fumée. Certains, pour qui la chair n'est qu'un véhicule, s'attendent à une autre vie dans un autre corps. Quelques-uns – ils sont moins nombreux – croient possible de loger l'essence de la vie dans des objets ou des machines. D'autres enfin se sont mis en quête de portes qui s'ouvriraient sur des univers dans lesquels on ne meurt pas.

De leurs réflexions, angoisses et délires, j'ai tiré mes conclusions personnelles. Notamment celle-ci : qu'on rejoigne le néant, un monde pire ou meilleur, des terres blanches ou noires, on disparaît pour toujours du regard des vivants.

La mort est un effacement. Une désintégration de l'être.

On peut spéculer sur l'âme et les arrière-mondes, n'empêche que, comme dit le poète, ce sont ceux qui restent qui se retrouvent en enfer…

3

– Qu'est-ce que tu fais ?

Je regarde Walter avec étonnement. Ce que je fais ? Il le voit bien ce que je fais : je me lève !

Pour m'en aller.

C'est ce que je lui dis, d'ailleurs.

– Ben… je sors. Je me sens beaucoup mieux. Je ne vais pas rester là bêtement dans mon lit quand l'assassin d'Ombe court toujours !

Walter pose ses mains sur mes épaules et m'oblige à me recoucher. Je lutte un moment. Oh, un court moment. Parce que j'ai menti : je ne me sens pas mieux du tout.

– Tu ne vas nulle part, Jasper. Tu es beaucoup trop faible pour que je te laisse courir les rues.

– N'importe quoi ! Je suis en pleine forme ! Je m'insurge, alors que tout mon être crie le contraire, depuis les orteils jusqu'à la racine des cheveux.

Walter me regarde avec un air navré, en secouant la tête.

– J'ai déjà vu des navets qui avaient meilleure mine que toi.

– C'est pas drôle, Walter, je réponds en baissant les yeux.

Il s'approche de moi et me prend la main.

– Tu as raison, Jasper, ce n'est pas drôle, pardonne-moi. J'aimerais juste que tu comprennes que tu as eu de la chance, beaucoup de chance, de t'en tirer. L'état dans lequel tu es, si piteux soit-il, reste une forme de miracle.

– Mais Walter, je peux être très utile, je le sais ! N'oubliez pas que je suis le seul à avoir vu le meurtrier !

Ma voix a des accents désespérés. Je m'accroche au bras de Walter et lève vers lui un regard suppliant. Autant essayer d'attendrir un gardien de goulag.

– Justement, Jasper, en profite-t-il. Dès qu'il saura que tu as réchappé à son attaque, l'homme au Taser pourrait vouloir en finir avec toi. Tu ferais, à l'extérieur, une cible trop tentante.

Walter a raison, bien sûr. Seulement, je n'ai pas envie de l'entendre. J'ouvre la bouche pour protester, au moins pour la forme, mais il s'est déjà levé.

– Sois tranquille, mon garçon, annonce mon patron en se dirigeant vers la porte. Je vais mettre toutes les ressources de l'Association sur le coup. On va retrouver cet homme et rendre justice à Ombe.

Quand il prononce les mots « rendre justice », je frissonne malgré moi.

Il a presque atteint la porte quand il se retourne.

– Avant que j'oublie, Jasper : ta mère arrive de New York ce soir. Elle viendra directement ici. Je lui ai dit qu'une voiture t'avait renversé. Je me suis présenté comme un médecin de l'hôpital.

Puis, au moment où il s'apprête à franchir le seuil, il ajoute sans me regarder :

– J'ai laissé des Agents en faction dans le bâtiment. Pour ta sécurité…

Pas besoin d'en dire plus. Pas besoin non plus d'être devin pour comprendre ce qui se passe. J'ai trop habitué Walter à n'en faire qu'à ma tête ! Les Agents ne sont pas là pour empêcher un assassin d'entrer. Ils ont pour mission de m'interdire de sortir…

Je résiste à la tentation de me laisser gagner par l'abattement.

Tu m'as sauvé deux fois, Ombe, et moi je t'abandonne deux fois. J'aurais pu, j'aurais dû tuer cet homme, dans la ruelle. Ou au moins en parler à mademoiselle Rose qui aurait pris des dispositions. Je n'ai fait ni l'un ni l'autre et tu es morte.

Maintenant, d'autres que moi vont essayer de réparer mes erreurs.

Je suis un minable. Non, un double minable.

Je me rends compte que je te parle. Comme si tu étais encore là.

Je n'arrive pas à admettre la vérité. Peut-être que je refuse de le faire, tout simplement.

J'ai l'impression que tu vas pousser la porte de ma chambre, d'une minute à l'autre, et me fixer d'un regard moqueur qui voudra dire : « *Et alors, vieux ? On a un petit bobo et on pleure dans les bras de papa Walter ?* »

Si seulement.

Si seulement Ombe pouvait surgir, avouer une mauvaise blague, une expérience, pour voir si on tenait à elle !

Mais non. Elle ne franchira jamais le seuil.

C'est ça le plus dur. Ce côté abrupt, définitif.

Un claquement de doigts et un être, un lien, perd son sens.

Devient poussière.

Mon oreiller est humide. Je pleure.

Est-ce que je me mettrai à pleurer quand ma mère sera là ? J'espère que non. Je n'ai jamais pleuré devant elle.

Maintenant que j'y pense, c'est ridicule. J'ai bien pleuré dans les bras d'un troll et sur l'épaule de Walter.

Jean-Lu et Romu ont dû voir aussi quelques larmes rouler sur mes joues, sous le coup de la colère ou de la joie. Alors pourquoi pas ma mère ?

Tout ne s'explique pas. Tout n'a pas forcément besoin d'explication.

Machinalement, je cherche sur mon poignet le bracelet qu'elle m'a offert à Noël. Il n'est plus là. Évidemment…

On me l'a sûrement enlevé quand je suis arrivé à l'hôpital, pour m'examiner sous toutes les coutures. Mon bracelet, comme mes habits, a dû être récupéré par Walter. Je n'ai sur moi qu'une grande chemise bleue, attachée dans le dos par des lacets.

Et ma sacoche ? Est-ce que quelqu'un a pensé à la récupérer sur le lieu de l'accident ? Il y a dedans beaucoup de choses auxquelles je tiens.

Mais c'est le genre de détail que Walter, dans son obsession de la discrétion, ne laisserait pas passer. Ma sacoche – et l'attirail qu'elle renferme – se trouve sans aucun doute, en compagnie de mes vêtements, dans les bureaux de la rue du Horla.

Il est beau le magicien qui, malgré ses seize ans et son expérience limitée, a survécu à l'attaque d'un démon, d'un maître vampire et d'un puissant sorcier !

Nu et désarmé, cloué dans son lit par un désespérant accès de faiblesse…

Fin de partie.

Il ne me reste rien, rien que mon amertume et ma colère.

Je suis sur la touche.

Prisonnier, pour ajouter à l'humiliation.

Non seulement mon patron me refuse son aide, mais il me place sous surveillance. Et il se débrouille, avec un machiavélisme qui force l'admiration, pour coller à mon chevet le plus impitoyable des gardiens : ma mère !

Je m'en veux de parler d'elle comme ça.

En toute autre circonstance, je me serais jeté dans ses bras, j'aurais profité de mon statut de quasi-mourant pour me faire plaindre, pour réclamer des gestes tendres. Elle aurait apporté des cristaux revigorants, des bâtonnets d'encens. Le personnel l'aurait grondée mais elle aurait obtenu tous les passe-droits. Elle m'aurait veillé. Elle m'aurait…

Mais là, j'ai des choses à faire et, à sa façon, ma mère est un obstacle.

Je dois réagir.

Mieux : je dois agir.

Allez, Jasper (je me parle beaucoup à moi-même et ce n'est pas récent). D'habitude, tu ne renonces pas aussi facilement ! Ombe, d'ailleurs, refuserait de te voir vaincu par l'accablement. Elle ricanerait devant tes hésitations.

Elle te ferait signe de foncer.

Foncer. Oui, mais foncer où ? Et comment ? Tout nu dans les couloirs grouillant d'Agents de l'Association ?

Je me mets à réfléchir.

J'adore sentir les engrenages du cerveau reprendre leur mouvement. Réfléchir, c'est d'ordinaire ce que je réussis le mieux (j'ai une autre spécialité, celle de l'humour foireux, mais en ce moment, je n'ai pas du tout envie de rire...).

Comme toujours, il ne faut pas deux minutes pour qu'une idée débile fasse son apparition dans ma tête.

Pourquoi pas celle-là ? Elle en vaut bien une autre.

Une autre confidence

Notre deuxième rencontre, Ombe, était plus pittoresque.

Je t'avais aperçue à travers la vitre au bar d'un troquet proche de la place Simard. Tu étais perchée sur un tabouret, perdue dans d'insondables pensées. L'automne avait commencé à frapper les trois coups contre les arbres qui jaunissaient à vue d'œil. Tu portais un débardeur noir. Le noir va bien aux blondes, je trouve. J'avais pris mon courage à deux mains et j'étais entré.

Tu avais mis un moment à sortir de ta rêverie, un autre pour me reconnaître. Sans te demander la permission, je m'étais assis sur un tabouret, en face, et j'avais commencé à te parler, très vite, de tout et de rien, parce que je me sentais mal à l'aise. Tu faisais cet effet à tout le monde.

Tu attirais, puis tu mettais mal à l'aise et après on t'évitait. Sauf moi. Au contraire, il faut avouer que c'est plutôt toi qui m'évitais ! Cette fois-là, tu m'avais laissé m'enferrer dans mon inepte bla-bla, bafouiller sans rien dire, un sourire ironique au coin des lèvres. Quand je m'étais tu, enfin, tu avais poussé un soupir. Tu t'étais levée et tu étais partie, me laissant en plan, avec cette simple phrase : « Moi, c'est Ombe. Enchantée ».

Ça en aurait refroidi plus d'un !

Mais pendant que je te parlais, je t'observais. Et une certitude s'était imposée à moi, tandis que je gravais chaque trait de ton visage dans ma mémoire : on ne s'était pas rencontrés par hasard…

4

En réalité, la question n'est pas « où » ni « comment », mais « avec quoi ».

Avec ma sacoche, ça aurait été facile. J'ai toujours, à l'intérieur, de quoi réaliser de nombreux sortilèges.

Là, je vais devoir me contenter des moyens du bord.

Et c'est pas lourd !

Mon regard fait le tour de la chambre où je suis (voyons la réalité en face) retenu prisonnier.

Contre le mur du fond, la chaise que Walter a replacée en partant et une petite table. Sur la table, un vase avec un bouquet de fleurs, certainement apporté par le même Walter, vu le mauvais goût de la composition.

À gauche du lit (un lit compliqué, capable de monter ou de descendre d'une simple pression sur une télécommande), un fauteuil.

À droite du lit (il grince, en plus) un plateau à roulettes.

Sur le plateau, un verre et une carafe d'eau. Et une assiette.

À côté de l'assiette, un petit sachet de poivre et un autre de sel.

Dans l'assiette, une pomme. Et un couteau en plastique.

Comme si j'allais me suicider ! Ou poignarder quelqu'un. Walter par exemple…

L'appareillage bipant et clignotant a été enlevé. Il ne reste que le goutte-à-goutte, qui plonge dans le creux de mon bras.

J'aperçois des toits par la fenêtre.

J'en conclus que j'aurais du mal à m'échapper par là…

Pour ne rien arranger, le personnel soignant n'a (soigneusement) rien laissé de médical dans la chambre, si ce n'est le liquide de perfusion (une solution glucosée, c'est écrit sur le flacon). Pas de médicaments, pas de molécules dont je pourrais tirer profit en les détournant de leur usage.

Pas de pierres non plus, ni de métaux autres que l'Inox du mobilier.

Ça réduit le champ des possibles, tout ça…

Mon regard revient se poser sur le vase rempli de fleurs. De roses, pour être précis. C'est un bouquet arrangé. Pour faire joli, on a ajouté de la bruyère et des trucs en plastique mochissimes. Le résultat est carrément douteux mais, si j'avais moins mal, il me ferait bondir de joie : j'ai ma matière première !

Je me redresse dans le lit.

Je retire en grimaçant l'aiguille qui s'enfonçait dans mon bras. Je fais un nœud avec le tuyau et je maintiens quelques minutes un morceau du drap sur la veine perfusée, comme une compresse.

Lorsque ça ne saigne plus, je pose mes deux pieds sur le sol et je tente de me lever.

Je vacille et dois me rattraper au lit.

C'est pas possible d'être dans un état pareil. J'ai eu un accident, d'accord. Mais j'ai quand même dormi trois jours !

Je ne sais pas de quoi est constitué le rayon qui a frappé Ombe et a glissé sur moi. Quelque chose de terrible, c'est sûr. Lorsque j'en ai reçu une pleine décharge, dans la ruelle, c'était loin d'être aussi fort.

Je finis par me stabiliser.

En traînant des pieds, je parviens jusqu'au vase ; j'en retire la bruyère et les trois plus belles roses. Avant de regagner mon lit.

Je prends le temps de récupérer (je souffle comme si j'avais couru un cent mètres).

J'approche le plateau, y abandonne mes prises.

Je me sers un verre d'eau d'une main mal assurée et bois longuement, à grandes gorgées. Je ne suis pas déshydraté puisque j'étais sous perfusion. J'ai pourtant l'impression d'avoir un volcan dans la gorge.

Ma soif apaisée, je tourne mon attention vers la pomme. Je dois à présent la couper en tranches fines, dans le sens horizontal.

Je bataille longuement, manque vingt fois de casser le couteau en plastique mais obtiens au final six belles rondelles arborant, au centre, un pentacle naturel parfait.

Je souffle encore.

Un pentacle (pour les nuls en gréco-latin et pour ceux qui découpent leur pomme en quartiers), c'est une étoile à cinq branches, circonscrite dans un cercle. Il est utilisé par le magicien pour s'isoler et se protéger contre les éventuels retours de sort, les agressions et les énergies négatives. À la façon d'un champ de force.

D'habitude, le cercle mesure neuf pieds de diamètre et l'étoile a les dimensions d'un troll. Mais il faut bien s'adapter aux circonstances.

Je me relève. Avec plus d'assurance.

J'écarte le lit du mur (vive les roulettes !). Je pose ensuite, à sa tête, sur les carreaux blancs du sol, une rondelle de pomme. J'en pose une autre au pied et deux sur les côtés. Puis j'ouvre le sachet de sel. J'en répands les grains, parcimonieusement, de manière à ce que les tranches soient reliées entre elles.

Le sel, c'est la matière première de la magie. Aussi bien Eau que Feu, Air ou Terre, c'est tout à la fois un purificateur, un lien et un solvant. D'habitude je travaille avec du gros sel gris. Faut faire avec (ou plutôt sans).

J'ouvre ensuite le sachet de poivre. Le poivre n'est pas un composant magique. Mais en l'absence d'athamé, de craie ou même de feutre, je me débrouille comme je peux !

Je dessine donc avec les grains de poivre à différents endroits du cercle quelques malheureuses runes. Je n'ai pas assez de matière pour en tracer davantage. Je me contente de Raidhu, Naudhiz, Féhu, Uruz et Hagal.

Je me recouche en haletant misérablement.

Courage, Jasper. Tu es à la merci du moindre infirmier pénétrant dans la chambre ! Ne perds pas de temps. Tu es sur la bonne voie…

Je m'adosse contre l'oreiller et ouvre les bras pour accueillir les énergies.

Je tremble, c'est une horreur.

Vite, avant de m'effondrer, je tisse un sort pour activer le cercle et me mettre hors d'atteinte de toute perturbation extérieure :

– 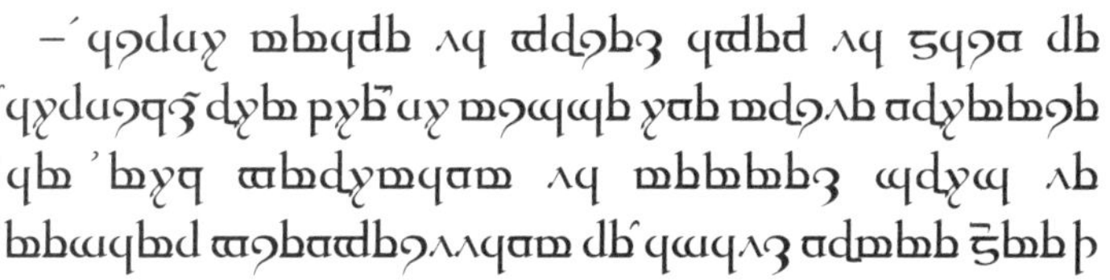

Ce qui donne quelque chose comme : « Raidhu trace la voie, avec la main de Naudhiz, pour que Féhu tisse une toile nourrie par Uruz broutant la terre, sous le regard bienveillant de Hagal, notre mère ! »

Une formule dont je suis l'inventeur (modeste).

Les grains de sel fondent et se transforment en ligne fine, lisse et brillante comme du verre, qui entoure le lit.

Un mur invisible, légèrement opaque, m'isole désormais du monde.

Et le monde de moi.

Étape numéro un…

Étape numéro deux : maintenant que me voilà à l'abri de la curiosité du personnel hospitalier et des excès de zèle des Agents de l'Association en faction, je dois retrouver un peu de tonus. Sinon je n'irai pas loin. Heureusement, la bruyère est tout indiquée pour surmonter les périodes de grande fatigue.

Je prends donc dans ma main la branche de bruyère et… et je me demande ce que je vais bien en faire.

On peut utiliser les plantes de plusieurs manières, en décoction par exemple, entières ou non, réduites en brins ou en poudre. Je préfère quant à moi les brûler et m'adresser à leur essence vaporeuse.

Pour être franc, j'ai tendance à recourir trop systématiquement à la fumigation.

Alors présentement je me sens plutôt démuni ! Si encore je pouvais accéder à ma bibliothèque, j'aurais la possibilité de chercher une idée, une piste…

J'essaye de me remémorer les derniers *Livres des Ombres* parcourus.

C'est comme ça qu'on appelle les cahiers dans lesquels les sorciers notent leurs secrets. Il arrive qu'un sorcier meure sans héritier – spirituel – et que la famille se débarrasse de ses affaires dans une brocante. J'en ai récupéré comme ça un certain nombre qui trônent à présent chez moi, sur un rayonnage, dans mon laboratoire.

Le *Livre des Ombres* de Julie dite Yeux de braise m'a été bien utile la dernière fois, mais la botanique n'était pas son point fort.

Tristan dit Fleur de thé (les jeunes sorciers adorent trop souvent les sobriquets grotesques), par contre, adorait les plantes. Que préconisait-il au sujet des éricacées ?

Le frottement pulvérulent.

Autrement dit, se frotter vigoureusement le corps avec la plante réduite en fragments dans le creux de la main.

Ce que je m'empresse de faire.

J'ai l'air parfaitement ridicule, j'en suis conscient. Ombe rirait si elle me voyait en train de me frotter la peau avec une plante séchée, volée dans une composition florale ! N'est-ce pas, Ombe, que tu rirais ? Ne dis pas non. Tu ajouterais : « *Ça fait longtemps qu'à ta place j'aurais sauté par la fenêtre !* »

Mais tu n'es pas à ma place, encore moins à mes côtés, dans un lit d'hôpital, à échafauder une rocambolesque évasion…

– Aie confiance, Ombe, je chuchote malgré moi.

Je me frictionne de plus belle en insistant sur le front, la poitrine et les jambes, tout en sollicitant les bontés de la plante, dans la vieille langue elfique que j'aime tant et qui ne laisse jamais les choses indifférentes :

« *Ma nin enantatyë, orikon, tuo ar voronwië ne mo nin aslpië ?* Peux-tu me donner à nouveau, bruyère, la force et l'endurance que l'on m'a bues à petites gorgées ? »

Je sais, j'ai l'air bizarre.

D'accord, carrément dément !

Je parle aux morts.

Je parle aux fleurs.

Mais la folie est avant tout affaire de perspective.

Personnellement, je trouve bien plus fou de croire que les plantes – les morts c'est une autre histoire – n'entendent pas.

La nature existe au-delà de la conscience humaine. Sans d'autre volonté qu'être. Le sorcier n'essaye pas de la penser. Il se contente de la percevoir. De lui parler.

De la séduire.

D'ailleurs, je sens des picotements sur ma peau. Une vague de chaleur envahit mon corps. Ce qui met fin à toute discussion sur le sujet, les faits primant toujours sur le discours.

Je vide un autre verre d'eau. Cette histoire de force bue à petites gorgées a réveillé ma soif.

Et puis je dois avoir les idées claires pour aborder l'étape numéro trois : sortir de l'hôpital à l'aide de trois roses…

Prise de tête

Les magiciens préfèrent employer, pour désigner l'« univers », le terme de « multivers ». Parce que le multivers est l'ensemble de tous les univers possibles, parmi lesquels figure celui où nous vivons.

De la même façon que les pages d'un livre, indépendantes, forment un tout (le livre), de nombreux univers coexistent à des niveaux différents et constituent une entité (le multivers).

Ces univers se côtoient dans un « espace des possibles ». Chacun possède ses lois propres. Les physiciens quantiques qui croient à l'existence réelle de ces mondes (je ne plaisante pas !) parlent de « mousse d'univers ».

Comme quoi la science, si elle garde des distances prudentes avec la magie, rejoint souvent la poésie.

Certaines antiques traditions font la part belle au multivers dans leur cosmogonie. Les Nordiques notamment distinguaient neuf mondes, reliés entre eux par un axe vivant, un arbre gigantesque. Il y avait le monde des nouveaux dieux, celui des anciens dieux, la terre des elfes, celle des hommes, celle des géants et celle des nains, le domaine des glaces, celui du feu et celui de la mort.

J'en ai parlé avec mademoiselle Rose, lorsque je suis devenu Agent (stagiaire). J'ai rapidement compris que, pour elle, le concept de multivers était une évidence. Et que des mondes pas franchement joyeux gravitaient à proximité du nôtre. Rose, elle, avait l'air de penser qu'il valait mieux s'en tenir loin.

Personnellement, je trouvais l'idée plutôt chouette. Tout devenait tellement vaste !

Ensuite, j'ai progressé dans la connaissance des arcanes.

J'ai aussi été confronté à un démon surgi d'une autre dimension, venu d'un de ces mondes appartenant au multivers.

Du coup je comprends, à présent, les appréhensions de mademoiselle Rose, et j'adhère complètement à ce vieux et sage dicton : « Pour vivre heureux, vivons caché. »

5

Je suis sûr, Ombe, que tu m'attends au tournant : « *Comment est-ce que des roses vont pouvoir tromper la vigilance des Agents et t'aider à sortir d'ici en chemise de nuit, sans attirer l'attention des dizaines de personnes qui se promènent dans les couloirs de l'hôpital ?* »

Tu voudrais afficher un sourire moqueur sur ton visage adorable mais tu n'y arrives pas. Tu es beaucoup trop intriguée.

Comment je vais faire ? C'est simple : Tristan Fleur de thé a tout consigné dans son *Livre des Ombres*…

La visualisation florale.

Un truc pas simple du tout : il faut 1. fixer une fleur, 2. imaginer le résultat du sortilège, 3. glisser entre les deux le levier de sa volonté pour que ce fameux résultat se produise.

C'est pas évident. Déjà à comprendre. Alors, à réaliser...

Concrètement, la rose permet d'accéder à d'autres dimensions ; elle facilite la navigation entre les mondes (est-ce que c'est pour ça qu'on offre des roses à la dame de ses pensées ? Parce qu'on espère qu'elle nous ouvrira son cœur ?).

L'idée est donc, par l'intermédiaire de cette fleur, sinon de changer de monde (ce qui pourrait être très dangereux), du moins d'entrer en léger décalage avec celui-ci, de manière à devenir invisible.

Vibrer sur une fréquence différente, en quelque sorte, pour ne pas être vu ni entendu...

Alors Ombe, sciée, hein ?

« Ouais, mais j'attends pour applaudir que tu disparaisses pour de bon ! »

Je sursaute. Cette fois, j'ai vraiment entendu sa voix dans ma tête ! Je n'aurais pas dû abuser de la bruyère.

– Ombe, c'est toi ? Tu es là ?

Pas de réponse. Évidemment.

– Tu ne me crois pas capable de disparaître ? je dis encore à voix haute. Eh bien, chauffe-toi les mains, Ombe, prépare-toi à applaudir parce que c'est ce que je vais faire.

Je serre les roses contre moi, ferme les yeux et me concentre.

Je commence par imaginer les fleurs elles-mêmes.

Dans mon esprit, je caresse doucement les tiges en

suivant du doigt le dessin des épines, la forme des feuilles, la consistance presque charnelle des pétales.

J'approche les fleurs de mon nez et je les respire profondément ; le parfum capiteux pénètre dans mes poumons, se répand dans mon corps.

Voilà, les roses sont en moi. Étonnamment concrètes.

J'essaye alors de percevoir, comme Fleur de thé l'a écrit noir sur blanc, ce qui se dissimule derrière ce parfum. Un monde semblable à celui-ci mais forcément différent. Du genre… (noir sur blanc)… du genre négatif photographique !

Où ce qui est blanc devient noir et ce qui est noir devient blanc.

L'image m'apparaît nettement.

Fort de ce succès, je réfléchis à la façon d'aborder l'autre plan.

Immédiatement, des volutes de parfum, comme des rubans légers, se tordent pour prendre l'apparence d'une clé.

C'est banal, décevant même, mais finalement j'ai le « où » et le « comment » !

Les mots ensuite glissent tout seuls de ma bouche :

– 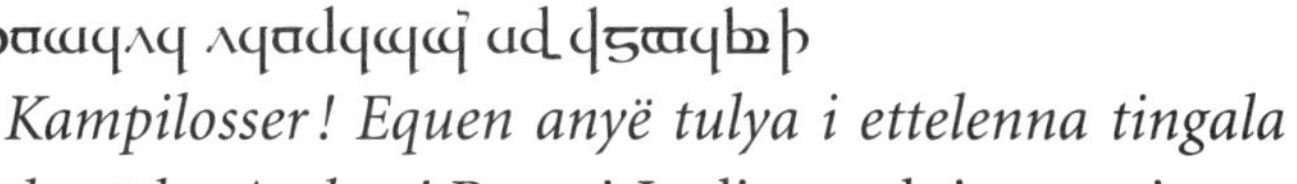

« *Kampilosser ! Equen anyë tulya i ettelenna tingala landassë ho Ambar !* Roses ! Je dis conduisez-moi vers des terres étrangères vibrant sur la frontière du monde ! »

Je compte un peu (beaucoup) sur le fait que les énergies sont particulièrement fortes à l'intérieur d'un pentacle.

En effet, la magie afflue.

Alea jacta est. C'est du latin. Et ça n'a rien à voir avec mon sortilège.

Quoique…

De toute manière, les dés sont jetés.

Vraaaaaaaam.

Un vrombissement.

Un bourdonnement qui descend d'un ton pour vibrer plus grave.

La lumière pâlit, se voile, devient noire.

Les contours du lit baignent dans un flou laiteux. Le matelas se fait brume, les draps toile d'araignée. Le sol est pavé de carreaux noirs.

Le sortilège s'est enclenché.

Je pose le pied sur le sol et j'ai la sensation de marcher sur du sable. Je m'enfonce, légèrement. Ma chemise a pris une couleur blanche, transparente. Mon corps projette des reflets noirs. Le vrombissement enfle dans ma tête.

J'esquisse un pas.

J'ai l'impression de me mouvoir enfoncé dans l'eau jusqu'à la taille.

La barrière générée par mon pentacle ressemble à une paroi de verre ondulant sous la morsure des flammes. Je la franchis sans difficulté. Je balaye au passage le ruban de sel et la protection pentaclite s'évanouit sans bruit.

Toujours le bourdonnement.

La porte de la chambre est ouverte. Je débouche dans le couloir.

Je l'avais bien dit : me voilà nu dans un couloir rempli de monde et je m'évade, furtif comme une ombre !

Je distingue des formes immobiles ou mouvantes, des formes humaines, semblables à de sombres et tristes fantômes. Je les évite en me dirigeant vers les escaliers.

Est-ce qu'ils me voient ? Est-ce qu'ils sentent seulement ma présence ? Je ne crois pas. C'est un peu comme si j'observais une scène depuis les coulisses, à l'insu des acteurs jouant dans un décor.

Je me sens faiblir.

L'énergie que la bruyère m'a insufflée est en train de s'estomper, absorbée par mes efforts pour rester en équilibre sur la frontière du monde. Je m'agrippe à la rampe pour ne pas trébucher, pour ne pas m'effondrer sur les marches.

Le rez-de-chaussée, enfin, puis le hall, la porte vitrée ouvrant sur la rue.

Je ne peux pas sortir comme ça, avec une simple blouse d'hôpital dans la foule, dans le froid.

Des manteaux sont accrochés au mur, derrière le fantôme de l'hôtesse d'accueil. J'en saisis un, blanc et vaporeux, que j'enfile avec des gestes maladroits.

Mon regard tombe sur un sac à main aux couleurs métalliques. Je l'ouvre et je déniche un porte-monnaie dans lequel je prélève quelques billets d'un gris poussiéreux.

Le bourdonnement est de plus en plus fort.

Je sors en titubant et m'éloigne sur le trottoir.

Est-ce qu'il fait jour ou bien nuit ? Tout est si noir !

Il faut que je quitte cet endroit. Que j'arrête l'enchantement.

Avant qu'il soit trop tard.

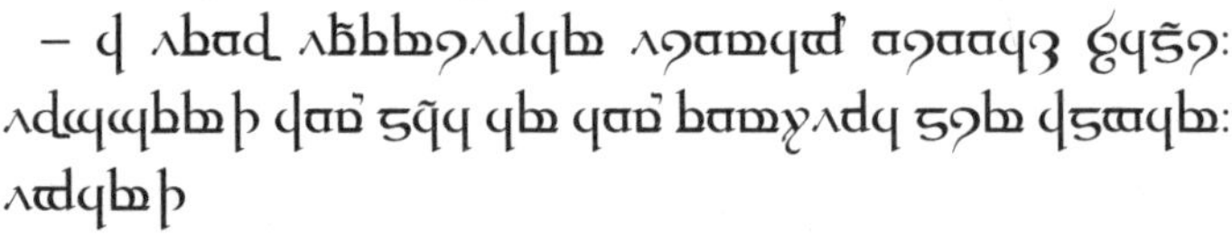

« *A leno leperildar lintavë ninna, kampilosser ! Anyë mapa ar anyë entulca mir Ambarlvar !* Tendez vos doigts rapidement vers moi, roses ! Attrapez-moi et rétablissez-moi dans notre monde ! »

J'attends, le cœur battant, adossé contre un mur souple comme une haie, les mains sur les oreilles à cause de l'insupportable vrombissement.

Tout s'apaise d'un seul coup.

Le mur redevient un vrai mur.

Les passants, de vrais passants.

Le manteau (heureusement pour moi), un vrai manteau.

Le bruit qui sourdait de la matière torturée a disparu.

Le soir est tombé.

Est-ce que j'ai vraiment marché sur une frontière, ou bien posé le pied plus loin ? Je suis trop fatigué pour y penser.

Ce que je sais, par contre, c'est que j'ai pris des risques. Beaucoup de risques. Le sortilège était puissant. Je me suis montré très imprudent.

La magie réclame une énergie externe et... interne. La bruyère m'a permis d'arriver jusque-là ; elle m'a aussi poussé à l'erreur. J'ai surestimé mes forces.

J'ai failli me consumer.

« Arrête un peu de te plaindre ! T'as réussi, non ? Savoure ton succès et avance ! »

Je sursaute encore. Ce n'était pas la bruyère ! La fatigue, alors ? Une séquelle de ma chute ? Il me semble entendre, en même temps que les remontrances d'Ombe, le clap-clap d'un applaudissement. Je commence à me demander si j'ai bien fait de quitter l'hôpital...

L'approche d'un taxi coupe court à mes interrogations. Je l'arrête d'un geste fatigué. Avant qu'il ait le temps de se rendre compte que je ne porte qu'une simple tunique sous mon manteau, je m'engouffre à l'arrière.

– Avenue Mauméjean, numéro neuf, s'il vous plaît, je dis au chauffeur en comptant l'argent prélevé dans le sac à main.

Il y a largement assez pour la course. Je me laisse

aller sur la banquette. D'abord passer à l'appartement récupérer des vêtements et quelques affaires indispensables à mon enquête. Ensuite, trouver un refuge et dormir. Oui, dormir.

Je ne peux pas rester chez moi. Parce que c'est le premier endroit où Walter me cherchera, et parce que ma mère rentre ce soir.

Je soupire, en même temps qu'un sentiment de culpabilité m'envahit.

En m'enfuyant, je la fuis elle aussi.

– Pardon maman, je murmure. Je t'expliquerai plus tard.

Je m'en veux horriblement mais je sais que je dois retrouver cette ordure.

Aller jusqu'au bout.

Et cesser de geindre, oui. Parce qu'il n'y a rien d'autre à faire.

Surtout ne pas s'arrêter au bord du chemin.

Même si le ciel paraît moins lumineux, même si les étoiles ont du mal à briller.

– Je te vengerai, Ombe, je souffle encore, à voix basse, tandis que le taxi roule. Je te le jure !

Oui, c'est de la force que je dois maintenant puiser dans ton souvenir.

Pour avancer.

Continuer.

Aller plus loin.

Au soleil comme dans la pénombre...

Encore une confidence

Il y a certains événements qu'on voudrait n'avoir jamais vécus. Qu'on donnerait tout pour oublier. Et qu'on se remémore avec d'horribles pincements au cœur…

J'avais apporté, un jour, trois roses rouges dans les bureaux de l'Association. Bien sûr, je n'avais pas réussi à les cacher à mademoiselle Rose, qui avait secoué la tête en soupirant.

Je savais, Ombe, que tu devais venir récupérer un dossier. Il était placé en évidence sur l'étagère proche de la porte. Discrètement, j'y ai posé mes roses et je me suis dissimulé derrière un angle du couloir.

J'avais passé la nuit à concocter un petit sortilège ; les fleurs devaient s'ouvrir au moment où tu les aurais humées et projeter alentour des grains de lumière.

J'attendais donc ton arrivée, le cœur enflammé, me réjouissant à l'avance de ta surprise.

Lorsque tu es arrivée, tu avais ta tête des mauvais jours. Tu t'es arrêtée, incrédule, devant les fleurs rouges. Tu les as prises, montrées à mademoiselle Rose qui a haussé les épaules. Puis tu les as jetées dans la corbeille et tu es repartie, ton dossier sous le bras.

J'étais tétanisé. Je m'étais inventé tant d'histoires avec ces roses ! La réalité, dont tu étais l'étincelant porte-drapeau, les avait toutes balayées…

Aujourd'hui que je me rappelle cette scène mortifiante, je ne regrette plus de l'avoir toujours dans ma mémoire. Je te revois jetant mes roses à la poubelle et je souris.

C'était tellement toi, alors.

13 rue du Horla

– Jules ? Tu m'entends ?

– Oui, mademoiselle Rose.

– Est-ce que tu peux confirmer à Walter ce que tu viens de me dire ?

– L'Agent stagiaire Jasper a disparu.

– Quoi ? Disparu ? Disparu comment ?

– Il était là, dans sa chambre, et puis quelques minutes plus tard, il n'y était plus.

– Ça s'est passé il y a combien de temps, Jules ?

– Il y a trente minutes environ, mademoiselle Rose. J'ai fouillé l'hôpital avant de vous prévenir. S'il était simplement parti aux toilettes, ça aurait été dommage de vous déranger…

– Est-ce qu'il y avait des traces de magie résiduelle dans la chambre ?

– Vous savez, mademoiselle Rose, la magie, c'est pas mon truc…

– Sacrés dieux ! Les séminaires que l'Association s'échine à organiser, c'est pour les chiens ?

– Calmez-vous, Walter. Jules a fait ce qu'il pouvait.

– Je sais, je sais. Désolé mon garçon. Donc, Jasper nous a filé entre les doigts. Cet idiot est capable de se lancer seul sur les traces de l'assassin ! C'est trop dangereux, il faut l'arrêter avant qu'il fasse des bêtises.

– À mon avis, il sera retourné chez lui. Il a besoin de vêtements et de matériel. Jules ?

– Oui, mademoiselle Rose ?

– Tu vas foncer au dernier étage du 9 avenue Mauméjean. Si Jasper est chez lui, tu nous appelles tout de suite.

– D'accord.

– Inutile de te demander d'être discret. C'est dans ta nature ! Mais sois prudent, Jasper n'est plus lui-même depuis la… mort d'Ombe.

– Je ferai attention, mademoiselle Rose. Autre chose ?

– Il est possible que Jasper ait apposé un ou deux sortilèges pour protéger l'appartement. Ne prends pas de risques inutiles…

– Vous devriez aller vous reposer, Rose. Vous n'avez pas dormi depuis longtemps.

– Vous non plus, Walter.

– Je n'y arrive pas.

– À dormir ?

– À le croire. Bon sang, Rose, c'est un cauchemar !

– Je sais, Walter. Nous faisons le même depuis trois jours… Sans compter les jeunes stagiaires que nous sommes contraints d'envoyer sur le terrain et pour lesquels je m'inquiète.

– Pour lesquels nous nous inquiétons tous…

– Si le Sphinx était là, les choses seraient plus faciles.

– Je n'avais personne d'autre à envoyer pour une mission de cette importance.

– Je sais, Walter, je sais. Simplement, la situation se complique et nous manquons de moyens pour l'affronter.

– Nous ferons comme d'habitude, Rose : beaucoup, avec pas grand-chose.

6

Personne n'est entré chez moi depuis cette funeste nuit de Noël ; le sortilège sur la porte est toujours en place. Par chance, je n'ai pas fermé à clé en partant. Je voulais frimer auprès d'Ombe, lui montrer que j'avais toute confiance dans ma magie.

Pour une fois que jouer l'intéressant me sauve la mise…

Parce que les clés sont dans ma sacoche, rue du Horla, et qu'il est hors de question que j'aille les récupérer. « Bonsoir Rose ! Ne vous dérangez pas, je ne fais que passer ! Je me suis enfui de l'hôpital et j'ai besoin de mes clés ! »

J'imagine sa tête. Et la mienne juste après. Au carré…

J'habite un duplex gigantesque et désert, tout en haut d'un vénérable immeuble haussmannien. Mes parents se sont réservé un étage entier (avec terrasse et piscine) mais ils y mettent rarement l'orteil.

Je vis seul ici la plupart du temps, confié aux bons soins de Sabrina, ma gouvernante, qui s'occupe de l'entretien des lieux et de mon estomac.

Pour lutter contre ce grand vide, je me suis replié sur le salon, ma chambre et une pièce que j'ai transformée en laboratoire.

Ramené à des dimensions raisonnables, cet appartement est devenu presque vivable.

Mes pieds nus et glacés glissent sur le plancher. J'ai somnolé durant le trajet en taxi, et la bruyère, dont je porte encore les traces sur la peau, en a profité pour me donner ses dernières forces. Je me sens mieux. Partiellement rechargé. Disons une barre sur l'indicateur de charge de la batterie Jasper…

Je ralentis en passant devant la cuisine.

La lettre dans laquelle ma mère m'apprend qu'elle passera Noël à New York avec mon père gît toujours sur le carrelage, roulée en boule.

Aussi grosse que celle qui s'installe dans ma gorge.

« Au fait, Jasper, quel effet ça fait d'être seul ? Abandonné de tous ? » semble me murmurer la feuille froissée.

Abandonné de toutes, plutôt. Toi, maman, partie passer les fêtes ailleurs. Et toi, Ombe…

« … disparue dans un rugissement de moteur, au coin de la nuit ? »

Je ne sursaute plus. Oui, j'aurais pu dire ça.

Je m'arrête au niveau du salon.

Dans la pièce aménagée en campement de chef barbare, le sapin décoré par ma mère n'a pas bougé. Mes cadeaux sont là, par terre, à côté des papiers chamarrés froissés : les herbes aromatiques, les bougies ; le traité alchimique du père Cornélius. Seul manque le bracelet d'argent, otage de Walter dans le bâtiment de l'Association.

« Un bel écrin, mon vieux. »

Et une belle solitude, ma vieille.

Je m'arrache au chagrin qui menace de me submerger. Le temps m'est compté.

Ma chambre est au bout du couloir, un couloir long comme un jour sans Ombe.

Je me débarrasse sans regret du manteau qui empeste la cigarette, ainsi que de la blouse bleue dans laquelle je me suis réveillé ce matin.

J'enfile avec un indescriptible soulagement un jean noir, un tee-shirt et un pull à col roulé de la même couleur (j'en ai un stock dans mon placard), sans oublier, pour la plus grande joie de mes pieds congelés, des chaussettes épaisses.

Je parviens en un temps record à retrouver ma vieille paire de Docs, et à les chausser sans me laisser gagner par la nostalgie.

« *Tu ressembles de nouveau à quelque chose !* »

C'est exactement ce que je me disais.

Pour remplacer ma veste de toile huilée, ça s'annonce plus problématique. Je ne suis pas riche en pardessus. Voire très pauvre.

J'avise d'un œil malheureux le manteau noir, de bonne facture (à tous les sens du terme), piqué à l'hôpital. Tant pis, je m'en contenterai, jusqu'à ce que je récupère la veste.

Maintenant, les choses vraiment sérieuses.

Je prends le double de la clé du labo scotché sous un tiroir de mon bureau, attrape le sac de sport presque neuf qui me sert de corbeille à linge sale et passe dans la pièce en face.

Du côté obscur.

L'ancienne chambre d'amis baigne dans la pénombre. J'y ai supprimé l'électricité à cause des interférences qu'elle produisait.

J'allume une grosse bougie sur un chandelier en fer forgé haut comme un homme.

Elle projette sa lumière vacillante sur un étrange

ameublement : une table massive encombrée d'alambics et d'outils, entourée d'un pentacle gravé à même le plancher ; sur les rayonnages d'une bibliothèque, les *Livres des Ombres* dont j'aurais bien eu besoin tout à l'heure et de nombreux grimoires consacrés aux arts occultes ; encombrant d'autres étagères, des bocaux pleins d'herbes, des flacons d'huiles et des bouteilles de potions, des sachets remplis de poudres, des pierres précieuses en vrac et des morceaux de métal.

Les ingrédients de nombreux sortilèges.

C'est ici que j'ai véritablement appris la magie. Que je me suis initié à la sorcellerie.

Combien d'heures j'ai passé là, à manipuler les éléments, à buter sur la grammaire elfique, à tenter de hasardeuses combinaisons runiques, à râler devant mes échecs, à m'émerveiller de mes réussites !

Seul, encore et toujours. Mais c'était alors une solitude volontaire…

Plus récemment, j'ai inventé dans cet endroit le charme du soleil en boîte, qui m'a permis d'échapper aux crocs du vampire Séverin. Et j'ai transformé un téléphone portable en détecteur pour retrouver Ombe, que je croyais en fâcheuse posture.

Je chasse les souvenirs qui affluent. Il est temps de faire mes courses.

Le collier (un rubis, un diamant et un jade enfilés sur un cordon de cuir) qui m'a défendu déjà une fois contre l'homme au Taser est resté sur la table. Je n'ai jamais trouvé le temps de le purifier et de le régénérer depuis l'attaque dans la ruelle. Si je l'avais porté, l'autre soir, est-ce qu'il nous aurait protégés tous les deux ?

Peut-être. Peut-être pas.

Je le fourre dans le sac d'un geste rageur.

Je choisis dans ma collection plusieurs échantillons d'ingrédients. Je prends aussi un athamé (un couteau de sorcier), un petit chaudron en étain, un réchaud à gaz, quelques morceaux de charbon et des bougies.

Enfin, je comble les vides dans mon sac avec les moins volumineux de mes *Livres de Savoir* (l'autre nom que je donne aux *Livres des Ombres* des sorciers morts...).

J'ai ce dont j'ai besoin. Je peux y aller !

Oui mais où ?

Chez Jean-Lu ou Romu ? Non, Walter pensera à eux tout de suite. C'est l'inconvénient d'appartenir à une organisation très bien informée.

Un autre copain, inconnu de l'Association ? Je n'en ai pas. Pas de suffisamment proche pour débarquer chez lui (chez ses parents...) à l'improviste, pendant les fêtes de Noël.

L'Île-aux-Oiseaux, cachée en plein milieu du bois de Vincennes ? Je fais partie du clan ! Mes amis trolls me recevraient les bras ouverts. Avec un peu de chance, Arglaë serait là aussi.

Mon cœur s'emballe.

Douce et belle Arglaë ! L'occasion, peut-être, de lui dire tout haut ce que je n'ai pu qu'écrire tout bas…

Je secoue la tête. L'heure n'est pas au badinage. Et puis traverser le lac en pleine nuit, seul, s'annonce au-dessus de mes forces.

Non, je dois faire preuve d'imagination.

Une chambre d'hôtel ? Il faudrait qu'on m'y accepte. Je suis mineur. Et un registre se consulte facilement quand on dispose des moyens d'investigation de l'Association.

Ça laisse peu de choix : je vais être obligé de passer la nuit dehors.

Je quitte le laboratoire, donne un tour de clé et exhume d'un placard de ma chambre un vieux sac à dos militaire qui, à une époque, me servait de cartable. Je le bourre avec quelques vêtements de rechange, un duvet, un oreiller et une couverture. On ne sait jamais, si je trouve un bout de carton libre dans une station de métro ou bien dans les catacombes…

Les catacombes.

Une idée (encore) me traverse l'esprit. Je sais où me cacher !

Un endroit auquel Walter ne pensera pas et qui sera sûrement plus confortable qu'un dessous de pont…

En quittant la pièce, mon regard accroche la photo sur laquelle nous posons, Jean-Lu, Romu et moi, avec nos instruments, pendant la dernière fête de la Musique. Je prends alors conscience que, pour la première fois, je ne peux pas les contacter, leur filer un rencard dans un café tranquille. Je suis livré à moi-même, totalement.

Irrémédiablement.

Je respire un bon coup. Ça va aller, Jasper.

Le temps de passer à la cuisine pour ajouter un paquet de biscuits et deux bouteilles d'eau à mon barda (j'en bois une troisième presque entière), je me retrouve sur le palier. En meilleure posture que tout à l'heure.

C'est-à-dire moins nu.

Au moment d'entrer dans l'ascenseur, une drôle d'impression me saisit. Je me retourne et balaye l'étage du regard. Personne, évidemment. Pourtant…

C'est bizarre, l'espace d'une seconde, j'ai eu l'impression d'être observé.

Je hausse les épaules. Tu deviens parano, mon vieux Jasper. C'est le fantôme d'Ombe qui continue à t'obséder ? Ou la peur ?

La fatigue, tout simplement.

Une bonne nuit de sommeil, voilà ce qu'il me faut ! Pour cela, il suffit de traverser la moitié de la ville sans faire de mauvaise rencontre…

Je laisse les portes de l'ascenseur se refermer et j'appuie sur le bouton du rez-de-chaussée. Puis je secoue la tête. Stop, Jasper. Ne pas perdre de temps, ça ne veut pas dire agir précipitamment !

J'actionne l'interrupteur qui signale (en gros caractères, la majorité des occupants de l'immeuble ayant atteint l'âge des lunettes à triple foyer) l'arrêt d'urgence.

Car urgence il y a.

Bon sang, j'ai vraiment cru qu'il y avait quelqu'un sur le palier ! Je sursaute à la vue de mon ombre... Comment est-ce que je pourrais sortir et déambuler dans les rues, à la merci de mon imagination galopante autant que du premier dingue venu ?

« Une cible trop tentante », disait Walter. Il avait raison. Je dois impérativement prendre certaines précautions, pour ma sécurité. Et retrouver mon sang-froid ! Sinon, mes projets sont voués à l'échec...

Il faut couper les ailes des papillons

Tu es venue chez moi, pour la première fois, le soir de Noël. Je me sentais abandonné et je déprimais. De ton côté, ce n'était pas joyeux non plus. Deux âmes en peine, poussées l'une vers l'autre par l'insupportable bonheur ambiant.

Je me rappelle, tu étais restée estomaquée par la taille de l'appartement. Je t'avais répondu que les plus beaux écrins abritent souvent la plus terrible solitude. J'aurais pu ajouter qu'on est jamais aussi seul qu'au milieu de la foule…

Il n'y avait que toi et moi. On aurait pu passer la soirée là, dans mon salon-repaire, à se goinfrer de films d'action, j'aurais pu te faire les honneurs de mon laboratoire et peut-être même te donner goût à la magie, je serais allé piquer une bouteille de vin dans la réserve de mon père, on se serait enivrés, on se serait jetés dans la piscine à l'étage et on aurait ri en se bousculant dans l'eau. On aurait ensuite passé la nuit sur la terrasse, emmitouflés dans des couvertures, à se raconter nos vies sous le regard des étoiles.

Ça aurait été merveilleux !

Mais j'ai annoncé que l'appartement me pesait.

Que je préférais sortir.

Et on est allés dans un bar.

On a grimpé sur ta moto…

Je sais, c'est facile de refaire l'histoire. De se dire : si j'avais su, si j'avais pu. Un enchaînement de causes dérisoires conduisant à d'irrémédiables conséquences.

L'effet papillon. Un battement d'ailes ici, un ouragan là-bas.

Je m'en veux tant, Ombe, oh comme je m'en veux…

13 rue du Horla

– Allo, mademoiselle Rose ?

– Oui, Jules.

– Il était chez lui… Il sortait quand je suis arrivé !

– Calme-toi. Est-ce qu'il t'a vu ?

– Non, je ne crois pas. À un moment il s'est retourné mais il n'a pas insisté. Par la cape de Frodon, j'ai failli faire dans mon pantalon !

– Tu l'as suivi ?

– J'ai essayé. Mais le temps que je descende les escaliers, la rue était déserte.

– Jasper avait l'air comment ?

– Décidé. Il portait sur le dos un genre de besace militaire et dans la main un sac de sport qui semblait assez lourd.

– Il va sûrement pratiquer sa magie quelque part. C'est bien, on a une chance de le repérer, maintenant.

– Est-ce que je dois me lancer à sa poursuite ?

– Non. Tu rentres faire ton rapport. Après, quartier libre ! Tu t'es bien débrouillé, Jules.

– Merci, mademoiselle Rose !

– Ne traîne pas en route… Et sois prudent, tu m'entends ?

– Oui, oui, bien sûr. Ça ne va pas, mademoiselle Rose ? Vous avez une drôle de voix !

– Ça va, j'ai juste la gorge prise. Un courant d'air. Allez, dépêche-toi !

7

Alors, par quoi je commence ?

Par une valeur sûre : le collier protecteur.

Je l'ai fabriqué moi-même en puisant dans le coffre maternel, régulièrement et généreusement rempli par mon père…

Sur le lacet de cuir, il y a un rubis pour prévenir les mauvaises intentions, un diamant pour juguler les énergies malveillantes et un jade pour lutter contre les épuisements. Ces pierres doivent être activées, sous peine de n'exister qu'en termes de symbole, dont s'accommodent la plupart des gens. Activées et régulièrement purifiées. Sinon elles s'encrassent et fonctionnent moins bien. Voire plus du tout.

Lorsque le copain du meurtrier m'a attaqué dans la rue, j'aurais dû y passer. Mais le rubis m'a prévenu, le diamant a bu une partie du rayon mortel et le jade m'a donné la force de m'enfuir. En se déchargeant totalement.

Je m'accroupis et déballe mon matériel sur le tapis de l'ascenseur, bloqué entre deux étages. Le miroir en pied me renvoie mon image, celle d'un garçon crevé, au teint plus blanc que des œufs en neige. Dès que la situation se sera améliorée (un peu d'optimisme ne fait jamais de mal), je m'occuperai sérieusement de ma pomme !

Comme d'habitude, les quatre éléments jouent un rôle incontournable. J'allume donc une bougie (tant pis pour les gouttes de cire sur la moquette), verse un peu d'eau dans le mini-chaudron, ouvre le bocal empli de terre que j'ai pris soin d'emporter. Pour l'air, je vais me contenter de celui qui se trouve autour de moi.

Pas besoin de pentacle, c'est un rituel, pas un sortilège. Et tant mieux, parce que j'imagine déjà la tête du personnel d'entretien nettoyant l'ascenseur…

Pourquoi j'ai attendu aussi longtemps pour réactiver mon amulette ? Parce que recharger des pierres vidées de leur énergie réclame du temps et des efforts. Je l'avoue, j'ai un côté paresseux, du genre : « Pourquoi faire aujourd'hui ce qu'on peut remettre à demain ? »

« C'est au pied du mur qu'on voit le prisonnier ; c'est derrière le mur qu'on reconnaît l'évadé », me répond lugubrement le hussard philosophe Gaston Saint-Langers.

Escaladons le mur, alors.

Je mélange du gros sel et de l'eau dans une assiette et

j'y plonge mon collier. Avant de songer à lui redonner vie, il est nécessaire de purger les pierres des ondes négatives qu'elles ont absorbées au contact du rayon étrange. Puis je ferme les yeux et… et je lutte contre une terrible envie de m'endormir.

Je dois me concentrer.

Je me focalise sur ma respiration. J'inspire. J'expire. Le souffle est le moteur principal de la magie. Je respire, dans l'obscurité de mes paupières, je m'éloigne de mes propres pensées, qui se détachent et tombent de moi comme des feuilles mortes. Encore une inspiration. Voilà, je suis en état alpha, l'état des transes légères. L'état de clairvoyance.

Je rouvre les yeux.

Le monde a changé. Il est devenu plus net. Plus lumineux, tranchant avec la lumière sale du néon de l'ascenseur. Les mouvements sont ralentis.

« Waouh ! C'est vachement beau ! »

Trop crevé pour m'extasier avec toi, Ombe.

Je sors le collier de l'assiette, l'essuie dans une serviette propre avant de le passer, lentement, très lentement, au-dessus de la bougie.

L'énergie dégagée par la flamme, halo rougeâtre, est reconnaissable entre toutes.

Mon esprit s'en empare et l'oblige à investir les pierres. Réticentes, elles frémissent. Je les apaise en murmurant leur nom :

– *Sar norna...* *Sar culina...* *Aran saron...*

Le collier toujours serré dans mon poing, je survole le chaudron et son halo blanchâtre, sollicite l'énergie de l'eau avec la même intensité, calme les pierres avec des mots.

Je me tourne ensuite vers la terre et son énergie noire.

Vers l'air, enfin, à la fois lait et brume.

Le rituel achevé, j'attache le collier autour de mon cou. Le jade, le rubis et le diamant pulsent contre ma poitrine. Je sors alors de mon état de transe en me frottant les yeux.

Bon, j'ai une armure (je touche mon collier). Il me faut une épée ! Enfin, l'équivalent. Un modèle de soleil en boîte destiné non plus aux vampires, mais aux humains. Le plus simple reste d'introduire une grande quantité d'énergie dans un objet et de la libérer au moment voulu avec une formule. Schhhhhlaaaa. Rayon de la mort contre rayon de la mort, quoi. J'y ai pensé tout à l'heure. C'est pour ça que j'ai pris une des bagues de ma mère, un anneau formé de fils d'or et d'argent entrelacés.

L'or qui condense si bien la lumière et retient si facilement les énergies.

L'argent qui favorise la magie et les pouvoirs intérieurs.

Je ne me sens pas capable de bâtir un sortilège complexe. Je me contente de retourner en état alpha et de m'arrêter au-dessus de la bougie pour remplir la bague avec l'énergie du halo rougeâtre.

– [illegible] *Malta*... [illegible] *Ilsa*... je murmure pour ouvrir les métaux à l'énergie du feu. [illegible] *A avalerya poldorë!* Emprisonnez la force!

Je glisse l'anneau à mon doigt avant de chanceler et de m'effondrer sur le sol. J'en ai trop fait, je crois. Et la bruyère ne pousse pas sur le béton! Il faut que je quitte à tout prix le secteur avant que les Agents de l'Association ne débarquent.

Je me relève en titubant, je range mon matériel dans le sac. Je débloque l'ascenseur qui reprend sa descente, après un temps d'hésitation et un grincement sinistre.

La planque où je compte me réfugier est à peine plus confortable que cette cabine.

Mais au moins, j'y serai à l'abri.

Enfin j'espère...

Post-it

S'enfuir en tournant le dos, l'ombre de la peur accrochée à nos talons, ou bien faire volte-face et traquer ce qui nous traque…

13 rue du Horla

– Du nouveau, Rose, du côté des lycéens ?

– Pas encore, Walter. Les amis de Jasper sont sous surveillance depuis l'appel de Jules. Il n'a pas encore essayé de les contacter.

– Il ne le fera pas. Il se doute bien qu'on commencera par là. Quelle tête de mule !

– Et les trolls ?

– J'ai fait établir un sort de veille autour du bois de Vincennes. Il n'y a pas mis les pieds. Où est-ce qu'il peut être, sacrés dieux ?

– Jasper est un garçon intelligent…

– Complètement stupide, oui ! Ça lui aurait coûté quoi, d'attendre un jour ou deux ?

– Les jeunes n'ont aucune patience. Il leur faut tout, tout de suite. Jasper s'est mis en tête de venger son amie. Il ira jusqu'au bout.

– Ouais. Et qui va se charger d'expliquer la disparition de son fils à sa mère ?

– Celui qui l'a fait revenir précipitamment de New York…

– Ha, ha, très drôle, Rose !

– Du calme, Walter. Jasper ne résistera pas longtemps à la tentation d'utiliser la magie pour remonter la piste du meurtrier. Quand il le fera, on le localisera. Une équipe se tient déjà prête à intervenir.

– Le plus tôt sera le mieux. Pour tout le monde. Il est en train de me rendre dingue, ce gamin !

– Vous devriez pourtant être rempli de fierté.

– Hein, quoi, comment ça ?

– Il se montre pour l'instant d'une discrétion exemplaire !

– Vous savez, Rose, vous auriez dû vous lancer dans une carrière comique. Si si, vraiment…

8

Lorsque je me réveille, il me faut un long moment pour me rappeler où je suis.

La lumière du jour, qui pénètre par un soupirail, éclaire une pièce basse, encombrée de meubles bancals et de cartons remplis de vaisselle.

Le sol en ciment est poussiéreux. Je l'ai balayé comme je pouvais, à la lueur d'une bougie, avant d'étaler couverture et duvet dans un coin pas trop humide.

Avant de me coucher et de sombrer dans un sommeil sans rêve.

Blotti dans mon sac de couchage, je cligne des yeux. Le soleil me fait mal, comme si je m'étais habitué à l'obscurité.

Obscurité de mon coma.

Obscurité d'un avenir qui m'échappe et que je tente d'infléchir en prenant l'initiative.

Il faisait nuit quand Ombe est tombée.

J'ai l'impression qu'il fait nuit depuis une éternité.

Je détaille le lieu où j'ai trouvé refuge. Des escaliers conduisent à une porte en métal rouillé, débouchant au ras du trottoir à côté du soupirail grillagé. Un pilier en béton renforce le plafond, au centre.

Autour du pilier, il y a des fragments d'ail séché.

C'est dans cette cave que, au cours de ma première mission, j'ai enfermé et neutralisé un vampire du nom de Fabio.

Walter sait que cet endroit existe, mais il perdra d'abord du temps à me chercher du côté de mes amis, humains et trolls. Il me croit trop pleutre pour fréquenter le quartier des vampires.

Walter sous-estime ma détermination.

Et puis c'est la seule idée qui m'est venue hier soir.

Au moment de m'enfuir à nouveau…

Dehors, j'entends des bruits de pas. Une femme s'arrête à la hauteur du soupirail.

Je me prends à rêver que ce soit Ombe. Venue me soutenir dans ma retraite, m'aider dans mon combat.

Un homme la rattrape.

La pensée de Jean-Lu et Romu rejoignant Ombe pour me prêter main-forte me traverse l'esprit, furtivement.

L'homme s'accroupit, tend les bras. Un petit garçon s'y précipite en riant.

Je songe à ma mère, qui ne me trouvera ni à l'hôpital ni chez nous.

La femme, l'homme et l'enfant repartent tous les trois. Me laissant encore plus seul que tout à l'heure.

Je fais un effort terrible pour quitter le duvet et me lever.

Avec l'Association mobilisée pour me retrouver et un assassin à mes trousses, un sort protégeant la cave contre les curiosités ne serait pas superflu.

Je n'en ai pas le courage.

Quelqu'un joue au tambour à l'intérieur de ma tête.

Il faut que je me ressaisisse. Impérativement. Je grignote quelques biscuits, vide la moitié d'une bouteille. Mon mal de crâne reflue.

Je caresse machinalement le collier réactivé hier dans la cage d'ascenseur, ainsi que la bague de pouvoir glissée à mon doigt. Maintenant que me voilà armé, je dois, dans l'ordre : 1. retrouver le meurtrier d'Ombe ; 2. venger Ombe.

Au travail, Jasper.

Le sortilège que j'ai à l'esprit n'est pas très compliqué. Je l'ai déjà utilisé, il y a quelques jours, pour retrouver un magicien. J'avais lancé sur ses traces un serpent de brume capable de renifler les effluves mystiques que dégagent les sorciers. L'objectif du jour n'est pas un sorcier, mais l'étrange rayon d'un Taser contrefait qui a laissé dans l'éther une signature inimitable et indélébile.

Dans la clairière de l'Île-aux-Oiseaux où je l'avais tissé, un frêne servait d'antenne pour relayer les énergies du sortilège jusqu'au plan mystique. Je me contenterai cette fois d'un pilier en béton.

Un sort n'étant pas un rituel, personne n'échappera au tracé du pentacle. Je répands donc, autour de moi et autour du pilier, du gros sel puisé dans un bocal en verre (c'est quand même plus sérieux qu'un sachet de sel fin). Le cercle n'a pas besoin d'être parfait. Je l'étaye malgré tout avec un pentagramme (on ne sait jamais, je ne dispose pas d'un troll en appoint). À l'aide de mon athamé (un couteau à double tranchant utilisé pour des pratiques magiques, petit rappel, merci de prendre des notes), je grave plusieurs runes sur le ciment.

L'effort achève de me vider. Je reste à genoux pour ouvrir les bras et prononcer la formule activant le cercle.

Comme à l'hôpital mais avec une puissance accrue, les grains de sel fondent et génèrent une paroi lisse et brillante.

Je mets en route le réchaud à gaz et pose dessus le

minuscule chaudron en étain rempli d'eau. J'y jette une poignée d'épines de genévrier, porte d'accès au monde des limbes.

« Maintenant, faire chauffer jusqu'à ébullition ! » L'espace d'un instant, j'imagine une sorte de Maïté coiffée d'un chapeau pointu expliquant devant les caméras de télévision la recette d'un sortilège…

Je tire d'un sac en tissu la tourmaline, particulièrement indiquée pour communiquer avec les présences éthérées. Je la plonge dans l'eau bouillante, sans oublier de changer dans la formulation ce qui doit l'être :

– 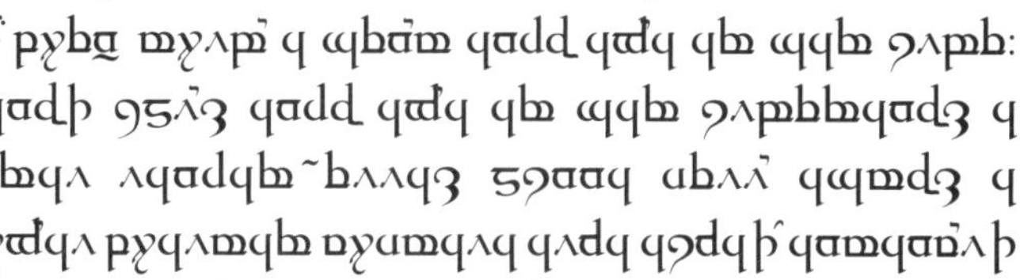

« *Equen : tulwë a senët ando avëa ar sar ilwerano ! Imlë, ando avëa ar sar ilwerano, a ciral landar pella, minna hellë asto, a tuvëal qualtar yuhtala alca aica ! Hantanyël !* Je dis : pilier, libère la porte de l'au-delà et la pierre arc-en-ciel ! Et vous, porte de l'au-delà et pierre arc-en-ciel, naviguez au-delà des frontières, dans le ciel de poussière, trouvez l'assassin utilisant le cruel rayon de lumière ! Je vous remercie ! »

La fumée au-dessus du chaudron s'épaissit rapidement. Des teintes dorées font leur apparition et colorent le ruban qui prend de la consistance.

Le sortilège s'enroule autour du pilier à la manière

d'un lierre puis grimpe jusqu'au plafond, où il disparaît aussi facilement qu'un fantôme traverse un mur.

Combien de temps lui faudra-t-il pour retrouver l'homme au Taser ? Peu importe. Entre fuite éperdue, usage inconsidéré de la sorcellerie et mauvaises nuits, j'ai du sommeil à récupérer… J'éteins donc le gaz, récupère la tourmaline, que j'essuie et range dans le sac des pierres précieuses. Puis, m'adossant au pilier, je sombre aussitôt.

Je suis allongé sur le sol en béton d'un entrepôt, immobilisé par une force puissante. Une odeur de poussière et d'humidité imprègne les lieux.

Mon torse est dénudé. Tracé avec du sang sur ma poitrine, un pentacle me brûle la peau. Je voudrais me relever, effacer frénétiquement les marques douloureuses et fuir loin de cet endroit, mais je n'arrive même pas à bouger la tête.

– Je vais t'arracher le cœur, annonce une voix que je connais bien.

Siyah, le magicien noir, sort des ténèbres en arborant un visage grimaçant. Puis il éclate de rire. Un rire sans joie.

– Œil pour œil ! continue-t-il en pointant du doigt une orbite vide, de laquelle dégouline un répugnant liquide blanc.

– Je vais t'écorcher vif et me faire un manteau avec ta

peau ! murmure un vampire à moitié carbonisé en rejoignant le magicien.

– Je vais t'emmener et tu seras mon esclave pour l'éternité, gronde à son tour une ombre démoniaque.

Est-ce que je rêve ? Tout me semble terriblement réel. À commencer par ces créatures, vaincues (écrasées !) par moi au terme d'épuisantes confrontations.

J'essaye de parler. Les mots se bloquent dans ma gorge trop sèche.

– Je... vous... emmerde...

C'est ce qu'Ombe aurait dit à ma place !

Je me réveille la bouche pâteuse. Le grondement des véhicules au loin me parvient étouffé. La cave est plongée dans l'obscurité.

Je me frotte les yeux. Je ressens des courbatures sur l'ensemble de mon corps – les conséquences de la chute, de mon évasion de l'hôpital sur les lignes de fracture de notre monde, de ma séance de magie d'hier soir ?

Une abominable quinte de toux me laisse pantelant. Je cherche la bouteille d'eau à tâtons et avale plusieurs gorgées. Je rallume la bougie. Quel rêve affreux ! J'ai peur de me rendormir. Je n'ai aucune envie de revoir Siyah et ses horribles comparses. Je lutte un moment contre le sommeil, avant qu'un gémissement animal m'arrache définitivement à ma torpeur.

Un ruban de brume mordoré jaillit du plafond et glisse le long du pilier.

Se laisse tomber serait plus exact. Par la barbe de Gandalf (j'ai décidé, à l'unanimité, de renouveler mon stock d'expressions) ! il a sacrément morflé. On dirait qu'il a été mordu à plusieurs reprises.

Une substance vaporeuse s'échappe de ses blessures. Le sortilège rase le sol, se tord de douleur, s'enroule autour de mes jambes comme s'il réclamait ma protection.

« La vache ! »

Effectivement... Qui a pu lui infliger ça ? Quel contre-sort s'est acharné sur lui ?

J'ai hésité après le départ de la fumée à briser le cercle devenu inutile. La fatigue m'a incité à remettre cet effort à plus tard. Bien m'en a pris, parce qu'un bruit sourd résonne dans la cave tandis que mon pentacle vibre furieusement.

« La magie, ça craint, je l'ai toujours dit mais personne ne m'écoute. »

C'est pas le moment, Ombe. On essaye de pénétrer mes défenses !

Le ruban brumeux se tasse craintivement derrière moi. De l'autre côté de la paroi, je distingue une forme de la taille d'un gros oiseau. Bien qu'instable, la sombre entité reproduit l'apparence d'un rapace. Lentement, les ailes déployées, lentement, je le vois tournoyer. Un aigle noir. Venu tuer mon serpent doré.

Mon cerveau fonctionne à grande vitesse, essayant d'oublier le mal de crâne qui me taraude et mes cuisantes courbatures. Qu'est-ce qui s'est passé ? La fumée renifleuse s'est lancée sur la piste du meurtrier. Mais quelqu'un l'attendait. Quelqu'un montait la garde dans les limbes et a lâché sur elle un contre-sort. Mon pauvre sortilège s'en est sorti par miracle et, mû par un réflexe dont j'ignorais jusqu'à présent l'existence, s'est précipité à l'abri. À la maison. Près de son maître.

Par chance, l'oiseau des ténèbres n'a pas réussi à le suivre à l'intérieur du cercle. Le chemin était trop étroit…

L'aigle fait plusieurs tentatives pour percer mes défenses, qui semblent (heureusement) trop solides pour lui. Ce contre-sort est sûrement spécialisé dans la chasse aux fouineurs, et non pas dans l'attaque de forteresse. Il suffirait, pour m'en débarrasser, de dissoudre mon propre sortilège. Privé de cible, l'aigle retournerait d'où il vient.

« Alors, tu attends quoi ? D'être mangé tout cru ? »

Un sortilège n'a jamais mangé personne. Et puis mon ruban de brume a peut-être eu le temps de grappiller des informations importantes ! Je dois impérativement le garder vivant, enfin, actif.

Je pourrais essayer de neutraliser l'aigle.

« Même question… »

Il faudrait pour cela quitter la protection du pentacle et me retrouver à la merci d'un autre sort possible, tapi dans l'ombre. C'est risqué.

« Il se fatiguera peut-être d'attendre et repartira d'où il vient. »

Oui, mais si le contre-sort est programmé pour moucharder ? Il rapportera mon existence à son maître et ça sera pire. Je n'ai pas le choix : il est indispensable de sauver mon sort et en même temps de régler celui de l'aigle.

« Vas-y, mets-lui une raclée ! »

J'aimerais t'y voir !

Je fouille dans mes affaires tandis que l'oiseau s'acharne contre le pentacle à grands coups de bec. Une feuille de laurier et de la poudre de calcite devraient convenir.

Il me faut maintenant un objet de petite taille. J'inspecte mes poches. Rien dans le pantalon (de petit, en tout cas). Dans le manteau ? Une clé USB ! Abandonnée par son précédent propriétaire.

« Personnellement, je déteste qu'on fouille dans mes poches. Mais je dis ça comme ça… »

Désolé, pas le temps de trouver mieux.

Je me retourne vers mon sortilège, brandis la clé et ordonne :

– 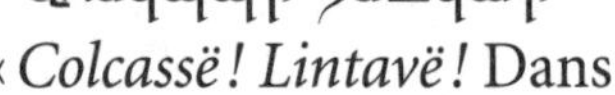

« *Colcassë ! Lintavë !* Dans la boîte ! Vite ! »

Le ruban doré ne se fait pas prier et s'engouffre dans la clé sous les yeux de l'aigle médusé.

Je profite de mon avantage.

Je bouscule le pentacle et scrute les alentours, à la recherche d'un autre sortilège malveillant qui aurait pu s'engouffrer dans le sillage de l'aigle. Rien.

Rassuré, je pose sur le sort-oiseau la feuille de laurier qui stoppe les charmes malveillants, accompagnant mon geste des mots en quenya indispensables :

– 

« *A tape i sornë, ornë mahtarwa!* Bloque l'aigle, arbuste du guerrier ! »

Une mélasse jaillie de nulle part emprisonne aussitôt les pattes du volatile brumeux. Il ne me reste plus qu'à saupoudrer les plumes couleur de la nuit avec la calcite broyée, afin d'absorber son énergie.

– 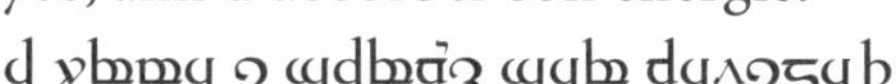

« *A urta i sornë, sar calima!* Brûle l'aigle, pierre brillante ! »

À mon grand soulagement, des plaques de noirceur tombent sur le sol en grésillant. Le contre-sort se dissout sans avoir pu ni liquider mon pauvre serpent ni rapporter à son maître la moindre information.

« *Pour Jasper, hip, hip, hip hourra!* »

Merci ! C'est vrai que je m'en suis bien sorti. Je suis assez lucide pour le constater. Pour cette même raison, je sais que cette planque est grillée.

Je dois partir au plus vite.

Le temps de rassembler mes affaires.

Le temps de reprendre mon souffle et de manger un biscuit.

Dehors, l'aube pointe le bout de son nez.

Besace sur le dos et sac à la main, je quitte le quartier des vampires en direction du passage William Gibson, où pullulent les cybercafés. Certains restent ouverts toute la nuit. J'ai ce qu'il faut chez moi pour me connecter à la Toile mais il m'est arrivé, avec Jean-Lu et Romu, de surfer convivial.

J'ai aussi très envie de boire un truc chaud et, accessoirement, de vérifier si mon sort-serpent est resté actif, quelque part au milieu des microcircuits de la clé USB.

Par le bâton du magicien gris (il s'agit de son bâton de pouvoir...), je n'en reviens pas de m'être sorti sans casse d'un affrontement avec un contre-sort ! Walter exagère, il aurait pu trouver un moyen plus subtil pour bloquer mon enquête...

Alors que ces mots se forment dans mon esprit, je me rends compte à quel point ils sonnent faux. Bien sûr que Walter serait plus subtil, plus... discret ! Son objectif n'est pas de me liquider mais de me retrouver. Si l'Association était impliquée, plutôt qu'un sortilège, elle m'aurait envoyé une nuée d'Agents !

Ce constat m'ébranle et je m'arrête en plein milieu du trottoir.

Puisque ce n'est pas Walter, alors qui ? Le meurtrier ? Improbable. Un sorcier ne m'aurait pas agressé avec une matraque, il n'aurait pas non plus eu besoin d'utiliser une arme.

La vérité, c'est que quelqu'un protège ce dingue.

Quelqu'un qui dispose de moyens sérieux, incitant à redoubler de prudence. À la lumière de cette information, est-ce que je ne devrais pas avertir l'Association ?

« Pourquoi est-ce que tu ne préviens pas l'Association, Jasper ? »

Tout simplement, Ombe, parce que Walter et mademoiselle Rose m'empêcheraient d'accomplir ce qui doit être accompli...

Je me remets en route d'un pas mesuré, aux aguets. Je reste attentif aux avertissements que le rubis de mon collier pourrait me lancer. Il m'a déjà sauvé une fois, jamais un sans deux, comme on dit à Troyes.

Mes forces reviennent petit à petit mais ce n'est pas la grande forme. J'hésite à m'engouffrer dans une bouche de métro. Avec cette nouvelle manie d'installer des caméras partout, j'ai peur d'être repéré. Je ne crains pas la police ferroviaire mais le maître de l'aigle, qui serait tout à fait capable d'intercepter mon signalement.

Je serre donc les dents et continue à pied.

Les courroies de mes deux sacs me scient les épaules.

L'avantage de cette marche forcée, c'est que le froid qui me tourmente depuis mon réveil dans la cave disparaît rapidement.

Et si le fauconnier qui a intercepté mon sort était Siyah ? Le magicien noir s'est échappé à l'issue de notre confrontation au bois de Vincennes. Avec un œil en moins. Et une dent contre moi ! Aurait-il loué les services d'un mercenaire pour m'éliminer ? Auquel cas c'est moi qui étais visé sur la moto, pas Ombe !

Je secoue la tête. Cette hypothèse ne tient pas la route. L'homme au Taser voulait ma peau avant que je rencontre Siyah. Et puis le magicien noir n'est pas du genre à envoyer quelqu'un régler ses comptes à sa place.

– Il en faudra plus pour m'arrêter, Ombe, crois-moi, je murmure en cherchant des yeux le nom des rues.

Le passage Gibson, enfin. Je repère un établissement ouvert et pousse la porte.

Il est désert ou presque. Je dérange le serveur en pleine méditation, la tête sur les bras, affalé sur son comptoir.

Je demande un grand café et une bécane. Il m'apporte l'un et l'autre en bâillant, sous la forme d'un mug et d'un code sur un bout de papier, puis il me fait signe de m'installer où je veux.

J'emporte la tasse jusqu'à un ordinateur en retrait, pose mes sacs de chaque côté de la chaise sur laquelle je m'effondre.

Je me frotte vigoureusement les cuisses, tétanisées par le trajet. Pour en baver à ce point, alors que je me vantais d'être un marcheur infatigable, mon organisme a dû sérieusement morfler.

Je hume le café avec délices et bois une gorgée. Bénédiction que ce breuvage ! Je sors le paquet de biscuits et grignote en branchant la clé magique.

J'attends quelques minutes.

Rien.

Soit le sortilège de recherche n'a pas survécu à son insertion dans la clé, soit il se terre. Minus !

Dans le premier cas, j'aurai bousillé en vain des fichiers qui ne m'appartenaient pas. Dans le second cas, il est de mon devoir de rassurer ce trouillard et de le convaincre de sortir de sa cachette. Seulement ce n'est pas un écran vide qui l'attirera en plein jour. Il faut l'appâter. Mais comment ? Avec du miel ? Un asticot ? Réfléchis, Jasper. Quand il existait sous sa forme première, dans le bois de Vincennes, il ondulait devant Erglug et moi à la façon d'un chien de chasse impatient de nous conduire jusqu'au gibier.

Poussé par une inspiration subite, je clique sur le navigateur et vais chercher sur un site une carte de Paris. La nature d'un chien de chasse c'est de chasser, d'un chien de garde de garder ; d'un dragon de ronchonner. Le but ultime d'un sortilège de localisation, c'est de localiser !

Gagné. Comme s'il attendait un endroit qui lui convienne pour se dégourdir les pattes (les anneaux ? les ailes ?), le ruban de brume devenu simple trait de couleur apparaît sur l'écran et gambade allégrement dans les rues de la capitale dessinées sur le plan. J'accompagne sa progression le cœur battant. Il a eu le temps de découvrir une piste avant d'être débusqué. Et il s'apprête à me la montrer.

La marque jaune quitte la rue Gibson, se faufile, renifle, remonte une trace perceptible pour lui seul, avant de s'arrêter sur le quai Damasio. À la hauteur du pont Loukianenko.

Bizarre. Il ne semble pas vouloir repartir.

Est-ce qu'il est fatigué ? Est-ce qu'il est arrivé là où il voulait aller ?

J'agrandis le plan et cherche des détails supplémentaires. Voilà ! Mon sortilège s'est lové devant le bâtiment de l'Institut médico-légal.

L'ancienne morgue de Paris.

Un tueur qui se cache au milieu des cadavres, quelle ironie ! Peut-être, simplement, qu'il travaille là-bas. En tout cas, mon serpent est formel. Et le seul moyen d'obtenir une réponse, c'est d'aller voir sur place.

– On dirait que je n'en ai pas encore fini avec les morts, ma vieille, je lance, à voix haute cette fois, à l'attention d'Ombe qui ne peut plus m'entendre.

Point final

Tu te rappelles, Ombe, la fois où tu m'as téléphoné pour que je te donne des tuyaux au sujet d'un sort de protection ? Tu allais affronter Siyah. C'est en repensant à cet épisode que je me suis rendu compte qu'on avait au moins cinq points communs tous les deux.

1 : Notre appartenance à l'Association, bien sûr. Et Walter. Et mademoiselle Rose. Et le Sphinx (ça compte quand même pour un !).

2 : Le magicien noir, avec lequel tu t'es battue, qui a failli te tuer et que tu as terrassé, comme moi quelques jours plus tard.

3 : Erglug Guppelnagemanglang üb Transgereï, le pétueux troll philosophe dont tu as fait la connaissance de façon virile (au cours d'une bagarre, je précise !), celui-là même qui est devenu mon ami et frère de clan.

4 : Les maniaques des pistolets à rayon, auxquels on a réchappé au moins deux fois. Jamais deux sans trois, annonce le dicton hun. Il s'est trompé.

5 : Notre solitude.

Je la porte tout seul sur mes épaules, maintenant.

13 rue du Horla

– Walter ?

– Oui, Rose ?

– On a un problème.

– Encore Jasper ?

– Je ne sais pas. Le sortilège de surveillance globale installé au-dessus de la ville ne fonctionne plus.

– Un sort de cette taille et de cette durée, suffisamment léger pour rester discret, est toujours instable.

– Vous pensez à une défaillance ?

– Pourquoi pas ?

– Je crois qu'il a grillé. Soumis à une surcharge d'énergie extérieure.

– C'est forcément Jasper !

– Oui et non. À mon avis, c'était involontaire.

– Soyez plus claire, Rose.

– Si ce que je pressens est exact, un affrontement magique serait à l'origine de la surcharge. La rencontre explosive de deux sortilèges qui n'avaient peut-être même pas connaissance de l'existence du nôtre.

– Hum. Inquiétant.

– Jasper est en danger, Walter.

– Je le sais, par les dieux ! Pourquoi croyez-vous que j'ai tant insisté pour qu'il reste tranquille à l'hôpital, sous surveillance ?

– Il ne nous demandera pas d'aide.

– C'est donc à nous de lui en fournir. Par tous les moyens possibles. Avec ou sans son consentement !

– J'ai envoyé un Agent avec un détecteur de magie résiduelle dans la zone où s'est produit l'incident. J'attends de ses nouvelles d'une minute à l'autre ...

– Mademoiselle Rose ?

– Oui, Nina ?

– J'ai trouvé une piste. Un sortilège brumeux, si j'en crois ce qui est écrit sur l'appareil que vous m'avez donné.

– Très bien ! Tu n'as plus qu'à remonter cette piste jusqu'à sa source.

– D'accord, mais...

– Tu as un problème ?

– C'est que... je suis dans le quartier des vampires !

– Ne crains rien, le soleil sera bientôt là. Ça ira ?
– Oui. Je suis désolée d'avoir paniqué, mademoiselle Rose.
– C'est normal. C'est ta première mission, Nina !
– Je vous contacte dès que je trouve quelque chose.
– Sois prudente.
– Pour ça, comptez sur moi !

9

La Morgue. Rebaptisée « Institut médico-légal » pour faire moins peur. Échouée sur la rive droite de la Seine, elle semble se cacher, honteuse, derrière des arbres squelettiques.

Je poireaute (ou poirote, si on est davantage fan d'Agatha Christie que de jardinage) depuis une demi-heure. Il fait complètement jour à présent. Les passants, peu nombreux, marchent le nez dans leur écharpe. Le froid est particulièrement vif, ce matin.

Les voitures, coincées dans un embouteillage sur le pont Loukianenko, avancent mètre après mètre, avec des ronflements de moteur rageurs. Des coups de Klaxon résonnent çà et là, en arrière-fond sonore.

Qu'est-ce que je vais trouver derrière ces murs ?

Un meurtrier. Qui ne s'attend sûrement pas à me voir. J'aurai au moins l'avantage de la surprise. Et de la détermination.

9h30. L'heure pour les visites. Les visites des corps. Je sers mon collier protecteur dans la main, vérifie que l'anneau d'énergie est toujours à mon doigt. Puis j'empoigne mes deux sacs et me dirige vers la porte principale du bâtiment en briques rouges.

J'aurais pu tenter une arrivée discrète, par une porte dérobée. Mais les sortilèges nécessaires auraient pompé mes maigres forces.

Face à l'assassin d'Ombe, je veux être en possession de tous mes moyens.

Le bonhomme de l'accueil, aussi pâle que l'ambiance du hall, me regarde de haut (avec morgue, si j'osais !). À sa décharge, mon aspect n'est guère reluisant.

– Oui-c'est-pourquoooooi ?

Je me demande un instant si mon interlocuteur est un Anormal. Certains Anormaux occupent des postes qui leur permettent de se faciliter la vie. Genre boulotter des cadavres non réclamés ou échanger des organes contre du sang frais. Mais le morguier (si, si, j'ai vérifié) que j'ai devant moi dégage un tel ennui qu'il ne peut s'agir, sans aucun doute possible, que d'un humain normal.

– Mes parents essayent de trouver une place pour la voiture, je réponds en employant le ton blasé d'un ado de base (je joue très bien l'ado de base quand je veux, sans me forcer, même !). Ils m'ont demandé de les attendre ici.

– C'est pour un retrait ?

– Ah, je ricane, j'avais pas capté que j'étais entré dans une banque !

– Je parle d'un retrait de corps, précise-t-il en pinçant les lèvres. Parce que ça va être difficile : une partie du personnel est en grève aujourd'hui.

Je hausse les épaules, comme si cette histoire m'indifférait profondément.

– J'en sais rien. J'accompagne mes parents, c'est tout. Je suis un garçon sage, poli et obéissant !

Il hausse les sourcils. Je crois qu'il est mûr.

– Y a pas un endroit pour s'asseoir en attendant qu'ils arrivent ?

– Il y a des sièges dans le couloir, m'indique-t-il avec une pointe de soulagement dans la voix. Là-bas, un peu plus loin.

– Super !

Traînant ostensiblement les pieds, je disparais de sa vue.

J'abandonne mon sac à dos au pied d'un fauteuil en plastique thermomoulé et sors de la poche de mon manteau un cadre photo numérique, acheté tout à l'heure pour un prix dérisoire.

Je vérifie que je suis seul, puis je connecte la clé USB contenant le sort de localisation. L'écran s'allume et

Fafnir (c'est comme ça que j'ai décidé de l'appeler, histoire de le valoriser, le pauvre) apparaît sous la forme d'une boussole.

– Bon chien-chien, je murmure. Gentil Fafnir ! Cherche le vilain monsieur, cherche ! Allez ! 
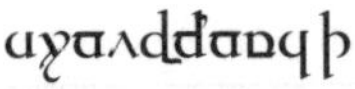 « *A roita hunlocënya !* En chasse, mon dragon-chien ! »

L'aiguille frémit avant de faire un tour de cadran et de s'immobiliser, indiquant clairement le prolongement du couloir.

– Le moment de vérité, Jasper, je murmure encore, mais cette fois pour moi seul.

Par chance ou grâce à l'heure matinale, je ne rencontre personne. Fafnir continue à jouer le guide méticuleux dans le labyrinthe de murs blancs.

Une volée de marches et je descends sous terre, là où le froid et la mort paraissent presque naturels.

Une porte vitrée, que mon sortilège m'invite à pousser.

Une salle d'autopsie. Vide (de vivants). Vive les grèves !

Ici encore, le blanc domine. Les carreaux, les lavabos. Plusieurs dépouilles gisent sur des tables métalliques, attendant d'être ouvertes et examinées.

Elles sont blafardes, désincarnées. Brrrr.

Au poignet, un bracelet en plastique affiche un nom et un prénom. Je suis déçu, j'imaginais qu'on utilisait toujours une étiquette, accrochée par un bout de ficelle à l'orteil.

Suivant les indications de la boussole virtuelle, je quitte sans regret la salle aux macchabées, me retrouve dans un petit couloir et bute contre une porte épaisse.

Je devine sans peine qu'il s'agit de la pièce où l'on conserve les cadavres déjà autopsiés. Un thermomètre digital indique la température intérieure : - 10 °C. Je ne regrette pas d'avoir gardé mon manteau ! Je respire plus vite. La confrontation est proche. Je laisse contre le mur le sac de sport, qui pourrait entraver mes mouvements.

J'ai toutes les peines du monde à empêcher ma main de trembler en actionnant la poignée. Je me glisse dans la chambre froide.

Une dizaine de corps, glissés dans une housse, sont allongés sur des plateaux, recouverts par un drap (blanc évidemment).

Personne.

De vivant, je veux dire. Je ne comprends rien.

Fafnir frétille sur l'écran, m'attire vers l'une des sinistres dépouilles. Est-ce que le meurtrier se cache parmi les morts, prêt à bondir et à me griller avec son Taser ?

Je secoue le macchabée identifié par mon sortilège, doucement d'abord puis plus énergiquement. S'il est vivant, il joue parfaitement bien le trépassé (ou « très passé », ça revient au même). Je surmonte le dégoût qui monte, rabat le drap et ouvre l'enveloppe en plastique. Un visage jeune apparaît, qui a dû être agréable à regarder.

Avant.

– Merde, je dis à voix haute pour juguler une panique naissante. C'est dégueulasse !

Le gars, quel qu'il soit, est bien amoché !

Problème : je ne l'ai jamais vu de ma vie…

Tout en frissonnant (à cause du froid mais pas seulement, pour être vraiment honnête), je ramasse un papier tombé de la table pendant que je manipulais l'inconnu. Un document signé du procureur. J'apprends que le corps n'a pas encore été identifié. D'après le compte rendu du légiste, la mort a été causée par un choc violent qui a enfoncé la mâchoire profondément dans le crâne (présenté de cette façon, ça n'a pas l'air terrible ; mais, bon sang, il faut le voir !). La colonne vertébrale est également brisée en deux endroits. L'homme a été retrouvé sur les rails du métro, à proximité du boulevard de Fombelle…

Ça fait tilt dans ma tête.

Le second agresseur ! Éclaté par le copain d'Ombe au cours d'une attaque du rayon maléfique ! Les éléments se mettent en place les uns après les autres. Clic-clic-clac.

Fafnir n'a pas cherché le véritable assassin. Incapable de franchir la barrière des contre-sorts (ou toujours terrorisé), mon sortilège de localisation a préféré tricher et me conduire jusqu'à l'autre larron.

Malgré ma déception, je ne peux m'empêcher d'admirer l'instinct de survie de Fafnir. J'ignorais jusqu'à présent qu'un sortilège puisse disposer d'une forme d'intelligence propre et manifester une autonomie.

Je commence vraiment à me les peler et ma capacité de raisonnement s'en trouve amoindrie. Je dois quitter cet endroit. Mais pas tout seul : ce corps est ma seule piste.

La chance (et les revendications syndicales) est toujours avec moi. Il n'y a personne quand je vais prendre un chariot à plateau dans la salle d'autopsie pour glisser le cadavre dessus et le sortir du frigo (quelle impression déroutante de bouger un corps déserté par l'étincelle de l'énergie vitale...).

Personne non plus dans le couloir, ni dans la petite pièce pleine de matériel où je me réfugie (et m'enferme).

Je décongèle doucement mais je dois faire vite parce que je ne suis pas le seul. Le mort va bientôt sentir la charogne ! Et l'agent à l'accueil finira par s'étonner de ne pas voir arriver mes parents.

J'ouvre mon sac à la recherche du *Livre des Ombres* d'un certain Ami des Morts, vieux sorcier spécialisé dans la nécromancie qui a rejoint depuis longtemps ses chers camarades. Oh, je ne cherche pas beaucoup. Je l'avais mis au-dessus ! Pour être franc, je m'étais dit qu'en cas d'attaque de morts-vivants, je trouverais peut-être à l'intérieur de quoi sauver ma peau... C'est l'inconvénient d'avoir une imagination galopante.

Voyons. *Jouer avec un cadavre exquis.* Non. *Transformer un corps en canapé confortable.* Non plus. Ah ! *Tirer les vers du nez à un mort.* Exactement ce qu'il me faut !

Je lis rapidement la page décrivant le sortilège. C'est assez simple. En plus, nous sommes déjà sous terre. Les forces liées au trépas y sont puissantes.

À en croire l'Ami des Morts, pas besoin d'enfumer la pièce en faisant brûler des herbes, ni de perdre du temps à concocter une tisane. Chez les Romains, les vivants plaçaient dans la bouche des défunts une pièce qui leur garantissait le passage dans l'autre monde.

La bouche.

On en revient toujours au souffle, au souffle vital.

Je prends dans mon sac les ingrédients identifiés par le nécromancien : une feuille d'absinthe, la plante des morts (ou des semi-morts !) dont les racines se nourrissent des décompositions ; une autre de chèvrefeuille, qui possède la vertu d'amplifier les pouvoirs psychiques ; un brin de lavande, pour accroître l'efficacité des plantes et résorber la fatigue ; une pierre de malachite enfin, catalyseur des énergies inconscientes, dont la principale vertu est de ramener les souvenirs oubliés…

Suivant à la lettre les indications du *Livre des Ombres*, je place, en réprimant mon dégoût, dans ce qui reste de bouche au cadavre, l'absinthe et quelques grains de lavande. Je fourre dans la mienne le chèvrefeuille et le reste de *Lavandula*, que je mâchonne en préparant la suite.

Je me déchausse complètement pour me retrouver pieds nus sur le carrelage. Pas de pentacle : il faut que les énergies diffuses se sentent libres d'aller et venir à leur guise.

Je pose le morceau de malachite sur le front glacé du mort. Je me penche jusqu'à toucher la pierre avec mon propre front, j'écarte les bras (comme une antenne) pour capter les ondes telluriques et… je prie très fort pour que personne ne défonce la porte à ce moment-là, parce que j'aurais beaucoup de mal à échapper à un placement en asile psychiatrique !

Je marmonne comme je peux, mon chouine-gomme 100 % chlorophylle dans la bouche, les mots qui me livreront (à en croire l'Ami des Morts) les informations que je désire :

– [illegible] « *Sara olva, arwa luinë olvo same,*

a hahamë manu; nyenilassë, arwa luinë olvo same, a palo orënya; ananta tye, sar lairustinqua, a lavë sanwë-latya... Plante amère, avec l'aide de la plante bleue, convoque l'esprit parti au loin; chèvrefeuille, avec l'aide de la plante bleue, ouvre mon esprit intérieur; et toi, pierre vert-de-gris, permets le transfert de pensées... »

Il ne se passe rien.

Enfin si: les muscles de mes bras tendus commencent à me tirailler et mes pieds sont en train de se transformer en blocs de glace!

L'Ami des Morts ne donne dans son *Livre* aucune indication de temps. Je décide de tenir la position encore quelques minutes avant d'abandonner.

« *Tu abandonnes?* »

– Euh, salut Ombe. Je me disais... Laisse tomber. Je tiendrai le coup aussi longtemps qu'il faudra!

« *Je préfère ça....* »

C'est rien, je soliloque (de « seul » et de « loque », ce qui me correspond plutôt bien en ce moment). Mais Ombe, si elle avait été là, aurait fustigé ma faiblesse, ça ne fait aucun doute.

« *Détermina... Élimi... Indispen... Je ne sais si... Échou... Rapp...* »

Je ne monologue plus. Des bribes de mots, portées par une voix inconnue, se frayent un passage dans mon cerveau.

Je suis connecté!

« Je ne… Rapp… Éli… Déter… Indis… »

Les pensées du mort sont de plus en plus éthérées. J'ai du mal à les saisir, à les retenir.

« Pas seule… Protec… Pas s… Mal… Fini… Échou… Ra… »

Certains mots me parviennent en meilleur état, chargés d'une émotion plus forte. Mais ils finissent par s'évaporer eux aussi.

Le froid qui m'envahissait reflue rapidement. Des gouttes de sueur tombent de mon front sur celui du mort.

« Pas… Éch… Fin… R… »

Je n'obtiendrai rien de plus.

Je me redresse, mettant brutalement fin à cette flippante communication d'outre-tombe.

– Merde (je possède un vocabulaire riche et varié)!

L'Ami des Morts avait écrit cet avertissement dans son *Livre* : « Si le cerveau du défunt est trop endommagé, les pensées résiduelles risquent d'être altérées. »

Il n'aurait pas pu taper moins fort, le copain d'Ombe ? La déception m'envahit. J'ai joué, j'ai perdu. Que faire de quelques mots sans queue ni tête, incomplets de surcroît ?

– Ne t'inquiète pas, Ombe. Je ne renonce pas. J'ai encore des tours dans mon sac !

En l'occurrence, un bocal en verre vide, à la fermeture parfaitement étanche. J'aurais préféré ne pas en arriver là, mais, maintenant, je n'ai plus le choix.

Courage, vieux. Courage. Pense à Ombe. Pense à ta vengeance.

Je déballe le corps du taiseux (plutôt que « taiseur », l'heure n'est pas à la rigolade) et je dégage son abdomen. Je prends un scalpel sur une pile, le sors de son emballage stérile. J'espère que je ne vais pas vomir…

Lorsque je ressors de la Morgue, la journée est bien entamée.

Il m'a fallu effacer les traces de l'opération, ramener le corps dans la chambre froide et attendre que l'homme de l'accueil s'absente avant de m'éclipser discrètement.

Mais je n'ai pas perdu mon temps. Ma première tentative pour arracher des informations au complice de l'assassin d'Ombe a échoué. Le deuxième essai sera le bon.

Reste à mettre la main sur une goule.

Une goule capable de déchiffrer des entrailles.

Le genre d'entrailles que je trimballe dans mon sac, à l'intérieur d'un bocal en verre.

Ah ! Il me faut une nouvelle planque aussi. Inaccessible au sadique encore en liberté qui veut me faire la peau, et à Walter.

Là-dessus, j'ai ma petite idée…

Une autre qui n'est pas elle

J'ai envie de parler d'une trolle qui me manque.

Finalement, je n'ai eu que deux femmes dans ma longue vie (ma mère est hors jeu, off course, *comme on dit). L'une n'est plus là, l'autre est ailleurs. Juste au moment où je commençais à y voir clair. Où je comprenais enfin qu'éprouver des sentiments pour la Normale (la Paranormale, plutôt) ne m'empêchait pas d'en concevoir pour l'Anormale. Une grande sœur et une petite copine. J'aurais pu tout avoir. Et je n'ai rien, sinon la certitude que je ne les méritais pas.*

Ombe, tu m'aurais montré la vie ; Arglaë, tu m'aurais appris l'amour. Toutes les deux vous incarniez tout ce que contient le mot « liberté ».

Où es-tu en ce moment ma trollesse ? À courir les bois à la recherche de ton décrocheur d'étoiles ?

Si je sors vivant de cette histoire cruelle, je retournerai sur l'Île-aux-Oiseaux pour dormir dans ton ombre. Peut-être lancerai-je un sort d'appel et attendrai-je, le cœur battant, que tu surgisses de derrière un arbre pour m'emmener dans tes chasses sauvages.

À mes côtés, pour l'éternité, courrait un fantôme que tu serais obligée d'aimer aussi…

13 rue du Horla

– Walter ? Vous semblez anormalement soucieux !

– C'est vrai, Rose. Rien ne vous échappe.

– Vous voulez m'en parler ?

– Bah. Je suis sûr que vous êtes poursuivie par les mêmes pensées que moi !

– C'est au sujet d'Ombe ?

– Et de Jasper. Vous connaissez la situation de l'Association. Elle est critique. Les tentatives démoniaques pour faire tomber la Barrière se succèdent à un rythme effréné. Nous n'avons jamais enregistré autant de disparitions parmi les Anormaux que ces derniers mois ! Je crains que l'ensemble des Agents, titulaires et stagiaires, soit menacé. Car qui affaiblit l'Association…

– … fragilise le statut précaire des Anormaux. Et qui s'en prend aux Anormaux…

– … ébranle aussi la Barrière.

– Ce sont des humains qui ont attaqué Ombe et Jasper.

– Certes, Rose. Comme ceux qui ont poussé les gobelins à sortir de leurs cavernes. Comme ceux qui voulaient éradiquer la Créature du lac. Comme ceux qui négocient avec les vampires la drogue qui les avilit.

– Leur pouvoir se renforce, Walter, tandis que le nôtre diminue. Comme je vous l'annonçais, nous allons vers des jours très difficiles.

– Raison de plus pour sauvegarder ce qui peut encore l'être ! Des nouvelles de Jasper ?

– Un Agent remonte sa trace. Il devrait faire son rapport d'une minute à l'autre… Et le Sphinx ?

– J'attends de ses nouvelles. Pour tout avouer, elles auraient déjà dû arriver.

10

Rue Muad'Dib. Le moins qu'on puisse dire, c'est que ça ne ressemble pas à mon quartier ! C'est beaucoup plus petit.

Non, pas plus petit : plus étroit.

Il y a moins d'arbres et plus de gens.

Le soir de Noël, Ombe m'a longuement parlé de l'appartement qu'elle partage avec ses deux copines. Je sais donc où il se trouve, juste en face de l'épicerie de Khaled. Au numéro 45, quatrième étage.

Je sais également que Laure, une brunante (traduction du terme jean-luo-romuo-jasperien : une brune brûlante), est en vacances dans sa famille provençale.

Reste Lucile, l'autre colocataire, une blondiale (une blonde glaciale, hyper canon mais capable de refroidir d'un regard le pot d'échappement d'un scooter). Mon plan audacieux consiste à trouver refuge chez Ombe, dans un appartement désert. La présence de Lucile m'obligerait à monter un énorme bobard.

Ou bien carrément à lui demander l'hospitalité. À voir.

Je n'arrive pas à m'arracher du trottoir. Malgré moi, mon cœur bat plus vite. J'ai beau savoir que c'est ici le dernier endroit où Walter et l'homme au Taser penseront à me chercher, je commence à me demander si mon idée est aussi bonne que ça. Car pousser la porte de l'immeuble, c'est mettre mes pas dans ceux d'Ombe et suivre son fantôme…

– Qu'est-ce que tu ferais à ma place, hein, ma grande ? je murmure.

« Tu le sais ce que je ferais, alors arrête de te prendre la tête. Et la mienne, par la même occasion ! »

Je respire un grand coup et franchis le sas du hall.

Surprise : pas d'ascenseur !

En soufflant et en jurant comme un charretier, je grimpe les quatre étages avec mes sacs d'une tonne chacun, dans une cage d'escalier pour hamster.

Je pose mon paquetage sur le palier, m'accorde une minute pour récupérer, puis je tape sur la porte qui arbore un smiley géant. Pas de réaction. Je frappe à nouveau, plus fort. Rien. Lucile n'est pas là. Ouf. Franchement, mensonge ou pas, je n'avais aucune envie de faire la conversation à une ethnologue frigi… rigide.

Pour ce qui est des frigos, j'ai déjà donné.

Je récupère dans mon bric-à-brac la boîte contenant l'améthyste broyée (pour rappel, la pierre d'améthyste est employée pour ouvrir des passages, débloquer, défaire les tensions). J'en prélève une pincée, m'approche de la serrure et souffle la poudre dans le mécanisme.

– 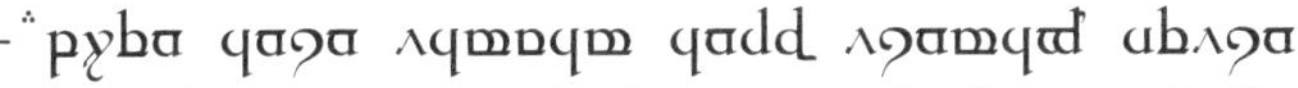  « *Equen anin latyat ando lintavë helin imirin !* Je dis : ouvre-moi la porte rapidement, violette de cristal ! »

C'est la deuxième fois que j'utilise ce sortilège. La première, c'était lors de ma mission avec Fabio le vampire, il y a une semaine.

Je commence à comprendre ce que signifie « acquérir de l'expérience ». Les sorts déjà pratiqués viennent plus facilement, plus naturellement.

D'ailleurs, la serrure cède avec un clic discret.

J'entre en poussant mes affaires avec le pied, referme derrière moi.

Il flotte dans l'air des odeurs d'épices froides et de produit ménager.

Je me regarde dans le miroir : je suis effrayant. Mon teint est plus blanc encore que d'habitude. Mes yeux cernés disparaissent presque dans leurs orbites. Je me détourne, gêné. Comme si quelqu'un pouvait me voir. Comme si quelqu'une…

J'abandonne mes sacs près de l'entrée, traverse le petit salon principalement occupé par un canapé et une table basse et me dirige vers la chambre d'Ombe, aisément identifiable au poster « Million Dollar Baby » scotché sur la porte…

Je m'arrête.

Pourquoi est-ce que j'entrerais ? L'appartement est vide, je peux très bien squatter la pièce commune. Installer mon campement dans un salon, j'ai l'habitude ! Ce dont j'ai besoin, c'est d'un endroit sûr et tranquille pour me reposer.

Je fais demi-tour.

J'ai brusquement envie de passer mon visage à l'eau froide.

La salle de bains est un véritable temple dévolu à la féminité. Des produits étranges partout, des savons qui sentent la verveine et le citron, des shampoings à la pêche et à la cerise, des tubes blanc et rose, des flacons transparents remplis de potions mystérieuses, des boîtes rondes pleines de poudre, des pinceaux, des brosses de toutes les tailles, des boules de coton, du parfum… Je me sens bêtement intimidé. En frissonnant, je referme la fenêtre laissée grande ouverte. Je n'ose pas m'approcher du lavabo, terriblement encombré. Par contre, le rideau en plastique aux motifs géométriques et colorés qui pend dans la baignoire me lance une invitation impossible à décliner.

Je vole sur la pile une serviette à fleurs (qui appartient à Laure ou à Lucile mais pas à Ombe, c'est sûr ; surtout pas à Ombe). Je me déshabille, après avoir donné un tour au verrou (on ne sait jamais), puis je m'abandonne au jet brûlant de la douche.

J'essaye de ne pas penser aux trois filles qui utilisent (utilisaient…) régulièrement cette baignoire. Des filles nues, forcément. Et sublimes.

Mon imagination débordante (le mot est bien trouvé, enfin, il risque de l'être si je continue) s'emballe. Je vois des gouttes d'eau qui glissent le long de leurs cheveux bruns ou blonds et coulent sur leur peau de pêche et de lait. Elles ont les yeux fermés et la bouche entrouverte. Le savon mousse et…

Calme, Jasper.

Calme.

« Un problème avec le sexe, Jasp ?

– Non, pas du tout ! C'est juste que…

– Un problème avec les filles, alors ?

– Arrête, Ombe, t'es pas drôle !

– C'est toi qui n'es pas drôle. Crois-moi, il faut écouter ses hormones, ça fait du bien.

– Chaque chose en son temps.

– Bah, j'ai toujours eu du mal à faire la distinction entre travail et plaisir.

– Fiche-moi la paix, Ombe. Je dois retrouver ton meurtrier et te venger. Mes fantasmes attendront bien un ou deux jours de plus.

– Comme tu veux. C'est toi le boss, maintenant.

– Ouais, parfaitement. Je suis le boss. Alors laisse-moi travailler ! »

L'irruption d'Ombe dans mes pensées douche (le mot est parfait) mon excitation. Tant mieux, certaines pensées sont sacrilèges dans un temple.

Je n'avais, jusqu'à présent, jamais entendu Ombe aussi nettement. C'est ce qui m'a poussé à entrer dans son jeu, enfin, dans celui de ma tête ! Est-ce que le sortilège utilisé pour faire parler le mort a élargi la voie (la voix) ? Est-ce que c'est parce que je suis sur son territoire ? J'évoquais les fantômes. Ils sont plus forts dans les endroits qui comptent pour eux.

– Ou bien, je continue à voix haute sans m'en rendre compte, comme pour toute dépendance, le sentiment de manque s'aggrave au fil du temps…

« *Tu ne te tais jamais ?*

– Tu n'as qu'à te boucher les oreilles. C'est ma tête, je te rappelle.

– Eh bien, Jasper, profites-en pour l'utiliser de manière constructive ! »

Ombe a raison. Je dois penser à la suite des événements.

Voyons. Le meurtrier d'Ombe est protégé par un

magicien. Impossible de lui mettre la main dessus par le biais d'un sortilège.

Reste la piste de son comparse.

Étendu raide mort dans une chambre froide. Avec le cerveau en bouillie. Et quelques mètres de tripes en moins.

Ce cadavre détient à coup sûr des informations sur son complice. Je dois les lui arracher (les informations, parce que les tripes, beurk, c'est fait).

Pour ça j'ai besoin d'une goule. Une créature capable de déchiffrer des entrailles (re-beurk). Mais ce n'est pas facile de trouver un haruspice quand on ne dispose plus des fichiers de l'Association.

Pourtant… les Anormaux de la capitale ne sont pas si nombreux. N'importe lequel me dirait ce que je veux savoir. Erglug ? Non, Erglug n'est pas un Anormal urbain. Le monde de la nuit, c'est pas son truc. Un vampire ferait mieux l'affaire. Un vampire…

Fabio ! Fabio connaît sûrement tout ce que la ville compte de malsain.

D'accord, je l'ai attrapé et livré à l'Association. J'ai quand même pris soin de le protéger de la lumière du soleil en l'enfermant dans une cave. Est-ce que ça suffira pour qu'il se sente redevable ?

C'est un peu léger mais je n'ai pas le choix. C'est le seul vampire de ma connaissance. Avec Séverin, évidemment, bien que je doute que cet adepte de la dope soit disposé à m'aider. Nous nous sommes quittés sur un mal et tendus (j'ai exposé sa peau ultra-sensible à un sort de soleil en boîte qui l'a rendu aussi séduisant qu'un poulet grillé).

Question suivante : comment trouver Fabio ?

La réponse m'apparaît comme une évidence, au moment où une sensation de froid me prévient que j'ai vidé le ballon d'eau chaude. Je repérerai facilement Fabio avec ma clé fafniricnne puisque le vampire n'est pas, lui, sous protection magique !

Je bondis hors de la baignoire et me rhabille à toute vitesse.

J'ai maintenant un prétexte en béton pour pénétrer dans la chambre d'Ombe.

Ta chambre.

Ton nid, comme tu disais avec un sourire heureux.

La pièce, sous les toits comme le reste de l'appartement, est basse de plafond, surtout au niveau du lit.

J'évite de trop le regarder, ce lit. La couette, froissée, est tirée comme un rideau sur une scène que je ne veux pas imaginer. Tu as eu le temps de m'en confier des choses, Ombe, ce fameux soir de Noël…

Un sac de frappe pend du plafond, accroché à une poutre. Vu les éraflures qu'il exhibe, il ne devait pas rigoler tous les jours ! Une paire de skis et du matos d'escalade lui tiennent compagnie. L'armoire pourrie, au fond, doit contenir ta garde-robe.

Rassure-toi, je n'irai pas fouiller dedans.

Je suis davantage attiré par les rayonnages de ta bibliothèque verte (pas franchement destinée aux enfants…). *L'Alimentation des vampires*, par Xavius Bishop, en anglais. *Les Farfadets de F à S*, par Mercedes Calzon. En espagnol. Je les ai lus tous les deux, mais en français. Le reste est en russe.

Bien joué, Ombe ! Quand on ne dispose pas d'une pièce qui ferme à double tour, il faut soustraire d'une manière ou d'une autre ses petits secrets à la curiosité de son entourage.

Ombe, reine de la punaise.

Sur le mur, les photos d'une femme escaladant des rochers et grimpant des falaises. Accroché à côté de la fenêtre, un panneau sens interdit (pour te rappeler d'utiliser la porte en présence de tes colocataires ?). Plus loin, un drapeau multicolore, bouffé par les mites. Enfin, un poster du groupe de métal *Fear Factory*, dont tu me rebattais les oreilles tandis qu'il bousillait les tiennes.

Ce que je cherche est par terre, à proximité d'une robe de soirée chiffonnée (stop, Jasper, ne rêve pas plus loin !) et d'un réveil lumineux dont les chiffres clignotants trahissent une coupure de courant récente.

Ton ordinateur portable.

Je l'ouvre. Il est resté allumé. Ce n'est pas prudent, mais… c'est vrai que tu comptais revenir bientôt.

Le fond d'écran représente un paysage enneigé. Québécois, sans doute.

Je branche la clé USB où sommeille Fafnir, mon fidèle sortilège.

Cette fois-ci, inspiré sans doute par la nature du fond, il choisit d'apparaître en esquisse de lapin blanc sur le bureau. Il fait quelques bonds puis s'arrête, attendant sans doute mes consignes, ou une carotte.

Pour la carotte, on verra plus tard.

– « *A tuvë hecilo carcan nastavën colindo sandava Fabio, hantanyël, hunlocënya!* Trouve le paria aux dents comme des pointes porteur du nom de Fabio, merci mon dragon-chien ! »

Le dragon-chien déguisé en lapin semble réfléchir un moment puis disparaît.

Soudain, une multitude de fichiers apparaissent sur l'écran, au milieu desquels Fafnir gambade frénétiquement. Mais à quoi est-ce qu'il s'amuse, ce crétin de sortilège ? Je ne lui ai pas demandé de débusquer Fabio dans l'ordinateur d'Ombe !

Euh… si.

Parce que je n'ai pas branché le WiFi.

Je corrige l'erreur d'un clic.

Aussitôt, les fichiers se volatilisent et mon lapin disparaît par un trou creusé dans la neige. Autonome… et joueur! Ce sortilège est décidément plein de surprises. Il mériterait un paragraphe dans mon *Livre des Ombres*.

Je me promets de le lui consacrer quand tout ça sera fini.

« Est-ce que ça sera fini un jour, Ombe? Est-ce que j'arriverai à accepter l'idée de ne plus jamais te voir, la perspective de ne plus partager avec toi que des dialogues improbables et des souvenirs qui iront en s'estompant? »

En attendant que Fafnir se manifeste de nouveau, je laisse mon regard vagabonder lui aussi dans la pièce.

De l'endroit où je me trouve, je remarque, posé sur une planche de la bibliothèque, un objet qui m'avait échappé jusqu'alors. Intrigué, je me relève.

Il s'agit d'un coffret, matelassé d'un velours vert décoloré par le temps et décoré avec des éléments en plastique brillant, comme on peut en voir dans les chambres de fillettes, qui y rangent leurs bijoux de pacotille.

À l'intérieur il y a une gourmette. Une gourmette de bébé.

Avec « Ombe » gravé sur la plaque.

Les maillons sont remarquablement fins.

Tu m'as raconté ton histoire, celle du début, du tout début: tu portais cette gourmette lorsqu'on t'a trouvée dans la neige.

Des larmes se frayent un chemin à travers mes yeux. Je les écrase rageusement. Tu as survécu à tant de choses,

Ombe, pour terminer ta course dans une vitrine, brûlée vive par un rayon plus blanc et plus froid que toutes les neiges du monde !

J'hésite un bref instant. L'Association viendra tôt ou tard récupérer tes affaires (c'est étonnant, d'ailleurs, que ce ne soit pas déjà fait). Un objet de plus ou de moins…

Je glisse le bijou dans ma poche.

Je suis sûr que tu comprends, Ombe. Je ne suis pas un voleur. Juste un ami, qui cherche par tous les moyens à te garder avec lui…

Serrant la gourmette dans mon poing, je retourne devant l'ordinateur pour guetter le retour de Fafnir.

Je ne suis pas déçu : son arrivée est à la hauteur de son départ, sous la forme d'un lapin devenu bleu et chaussé de skis, slalomant sur le fond d'écran et s'arrêtant dans un dérapage impeccable.

Projetant de la neige sur la face interne de l'écran.

– N'importe quoi…, je murmure en secouant la tête.

La neige, en dégoulinant, dessine les mots d'une adresse.

Je déchiffre à voix haute :

– 1922, rue du Comte Orlock. 5e étage, droite.

Y a pas à dire, mon sort azur toujours assure !

Le lapin (le lapin !) frétille de la queue. Ah oui, une carotte pour mon champion de ski.

–  « *Man na ampolda ? Sina na Fafnir !* C'est qui le plus fort ? C'est Fafnir ! »

Il se tortille de plus belle avant de s'estomper, rendant au paysage québécois sa quiétude hivernale.

Je retire la clé et la range. Je sais où trouver Fabio. J'irai sonner chez lui au crépuscule et il me dira ce que je veux savoir. De son plein gré ou pas.

En attendant, j'ai l'après-midi pour dormir. Mais pas ici. Le canapé du salon fera très bien l'affaire.

– À plus tard, Ombe…

Je quitte la chambre sans bruit, laissant les lieux sous la sereine protection de la boxeuse du poster.

Entretiens avec un empire

J'ai toujours voulu avoir une sœur ou un frère.

Enfant, j'embêtais souvent mes parents avec ça. Et puis j'ai arrêté, quand j'ai compris que mon insistance les mettait mal à l'aise. Mon père lançait un regard étrange à ma mère qui baissait les yeux. L'ambiance, après, était franchement pourrie.

Alors je me suis inventé des frangins imaginaires. Invisibles. Je leur parlais, à voix haute, et nous régnions sur un empire.

À partir de là, mes parents se sont montrés inquiets. J'ai donc commencé mes dialogues inaudibles dans le théâtre de ma tête.

Petit à petit, j'ai fait le deuil d'une fratrie.

Je me suis parlé à moi-même, tout haut et tout bas. Ça

n'avait pas d'importance puisque plus personne n'était là pour m'écouter.

Enfin, j'ai rencontré Romu et Jean-Lu.

Je n'ai pas arrêté pour autant de parler seul. Il arrive un moment où converser avec soi-même est, contrairement aux idées reçues, la seule façon de rester sain d'esprit.

Il y a tellement de fous qui suivent sans discuter les impulsions de leur cerveau…

13 rue du Horla

– Mademoiselle Rose ?

– Nina… Je commençais à m'inquiéter !

– Je suis désolée, c'est juste que…

– Cesse donc d'être tout le temps désolée !

– Désolée ! Euh… Bon, la piste m'a conduite dans une ruelle et puis dans une cave dont l'entrée était ouverte.

– C'est de cette cave que tu m'appelles ?

– Non. Je vous dirai pourquoi tout à l'heure. La cave était vide, si on ne tient pas compte des cartons de vaisselle et des meubles qui y sont entreposés. Mais j'ai clairement identifié les traces du passage de Jasper.

– Donne-moi des détails.

– La poussière avait été balayée, sans doute pour installer un matelas. Il y avait aussi les marques d'un pentacle, des runes gravées sur le ciment, des résidus de sel et de terre, des coulures de cire.

– C'est dans cet endroit qu'il a fabriqué le sortilège brumeux qui nous a permis de le repérer. Rien d'autre ?

– Il a essayé d'effacer ses traces. Ça veut dire qu'il se doutait qu'on le repérerait.

– Nous, ou bien quelqu'un d'autre. Le détecteur a livré d'autres informations ?

– Non. Il est devenu étrangement silencieux. Comme si… Bah, c'est idiot !

– Comme si quoi, Nina ?

– Comme s'il avait peur.

– Ce n'est pas idiot, Nina. Le détecteur fonctionne lui-même grâce à un sortilège, et les sortilèges sont, le temps de leur existence, des entités à part entière. Qu'as-tu fait ensuite, si tu n'es plus dans la cave ?

– J'ai… Je suis rentrée chez moi.

– Ah. Tu es rentrée chez toi. Comme ça, de ton propre chef.

– C'est à cause de l'article 9, mademoiselle Rose !

– Tu as senti une odeur de soufre ???

– Très légère mais aucun doute possible : c'était bien du soufre.

– …

– Mademoiselle Rose ? Vous êtes toujours là ?

– Je suis là, Nina.

– Vous êtes fâchée ?

– Pas du tout. Tu as fait exactement ce qu'il fallait faire.

– J'ai d'abord hésité et puis j'ai décidé de ne pas prendre de risque…

– C'était ta première mission. Tu t'en es très bien sortie.

– Merci ! Qu'est-ce que je dois faire, maintenant ?

– Reste près de ton téléphone. Il se peut qu'on ait encore besoin de toi. Les événements sont en train de s'enchaîner rapidement. Un peu trop à mon goût…

11

Le jour cède sa place à la nuit.

Je me sens presque reposé lorsque je sonne à la porte de Fabio. J'ai dormi tout l'après-midi dans le canapé confortable du salon. Sans être perturbé par aucun cauchemar ni aucun fantasme (si, si, Ombe, je t'assure !). Je me suis même offert le luxe d'une seconde douche (pareil, promis !) pour me réveiller complètement. Avant de prendre la direction de la rue du Comte Orlock. Avec mes affaires et la gourmette volée… récupérée sur une étagère, que je triture machinalement dans ma poche.

Je sonne encore une fois.

Le cinquième étage de l'immeuble est aussi le dernier. J'ai juste le temps de constater que Paranormaux et

Anormaux semblent se plaire dans les appartements haut perchés quand un bruit de verrous tirés précède l'entrebâillement de la porte.

– Qu'est-ce que c'est ? demande une voix méfiante.

– L'Agent Jasper, je réponds en sortant ma carte. Avec un A, comme Association. Et un J, comme Je-suis-pressé.

« *Pas mal, Jasp ! Si j'étais encore en activité, je la garderais pour m'en resservir…* »

J'entends un soupir, devine une indécision, puis le battant s'ouvre, dévoilant un Fabio qui se frotte les yeux et se gratte la tête.

Il a nettement moins d'allure que lors de notre première rencontre. Il faut dire (fascination) qu'un caleçon et un débardeur trop grands n'ont jamais conféré la moindre dignité à quiconque. Par contre, son regard a retrouvé une normalité qui me soulage. Un vampire shooté est difficile à raisonner, j'en ai fait la malheureuse expérience.

– Qu'est-ce qu'il y a ? bougonne Fabio. Si c'est encore pour l'histoire de la bijouterie, j'ai dit que je ne me souvenais de rien ! J'ai présenté de plates excuses à votre patron et j'ai tout remboursé, jusqu'à la vitrine de cet escroc de…

– Je peux entrer ?

Il hausse les épaules.

Fabio est un gars costaud, nanti de longs cheveux noirs et d'un visage si blanc qu'il semble recouvert de fond de teint. Quand il se balade ailleurs que dans son appartement, il s'habille en cuir, dans le genre gothique. Il me dépasse d'une demi-tête et d'une largeur d'épaules. Si son physique ne suffisait pas, il pourrait (tentation) compter sur la force exceptionnelle des vampires pour se débarrasser de moi en quelques secondes. Mais il s'abstient. Retenu soit par le respect ou la crainte de l'Association, soit par une conscience tranquille.

Instinctivement, j'opte pour la seconde option.

L'appartement est plongé dans le noir. Fabio allume une ampoule de faible puissance en actionnant un interrupteur proche de l'entrée.

L'antre du vampire est un studio minable, meublé d'un lit de camp, d'une malle et d'un fauteuil sur lequel gisent pêle-mêle ses vêtements. Un frigo tourne à plein régime. Inutile de vérifier, je parie qu'il est rempli de poches de sang de porc, le seul substitut réellement compatible. La chasse aux humains étant fermée depuis belle lurette, les vampires ne sont pas tous les jours dans le cou !

– Pouilleux, hein ? ricane Fabio.

– Je dirais plutôt… dépouillé !

Il marque (hésitation) un temps de surprise puis esquisse un sourire.

– Tu ne ressembles pas aux autres types de l'Association. Pourquoi tu es là ?

– C'est moi (révélation) qui t'ai capturé, l'autre jour, après ton exploit dans le passage Murnau.

Son visage se referme aussi sec.

– Tu auras bien sûr remarqué, je continue, que j'ai pris grand soin de t'enfermer dans une cave, à l'abri du soleil. Je connais des Agents qui n'auraient pas eu cette délicatesse, pour qui un bon vampire est un vampire cramé…

« Tu exagères ! Aucun Agent ne penserait une chose pareille !

– Je sais, Ombe, c'est du pipeau, évidemment ! Les membres de l'Association sont très respectueux de l'intégrité des Anormaux. Sauf cas d'urgence extrême… Mais ça, il ne le sait pas. »

Fabio renifle.

– C'est vrai ce que tu dis. Des collègues à toi ont méchamment carbonisé l'un des nôtres, il n'y a pas longtemps. C'était pas beau à voir.

– Ah ? je fais en parvenant miraculeusement à ne pas m'étrangler. Euh, tu es sûr que l'Association est impliquée dans ce… dans cette inadmissible agression ?

– Plutôt deux fois qu'une ! Y avait même un enfoiré de magicien parmi eux.

– Pourquoi tu dis « eux » ?

– Ils étaient quatre pour le maîtriser, pendant que le sorcier faisait ses vilains tours. Tu crois qu'un seul Agent aurait pu venir à bout d'un maître vampire ?

– Sûrement pas ! je m'empresse de dire. Enfin, pour en revenir à notre affaire, tu reconnaîtras que j'ai quand même agi avec une certaine courtoisie.

Il me toise, brusquement suspicieux.

– Et alors ?

– Alors, tu as une dette envers moi.

« Bravo, Jasp ! Ça c'est direct ! Du beau travail. C'est simple, je n'aurais pas fait mieux...

– Merci ! Mais, au fait... depuis quand tu m'appelles Jasp ?

– Depuis que j'ai remarqué que ça te faisait enrager ! »

Fabio manque de s'étrangler.

– Une dette ? Pour m'avoir enfermé dans une cave ? Pour m'avoir piqué les bijoux ? Ça va pas, non ! Si tu n'es pas mandaté par l'Association, fiche le camp. Dégage !

« Ah. C'est ce qui s'appelle faire un bide ! Dommage. Ça partait bien, pourtant. »

– J'ai besoin d'un service, je m'obstine en lançant intérieurement un regard noir à Ombe. Et tu me le rendras, de gré ou de force.

– Tu comptes me tabasser jusqu'à ce que j'accepte ? ironise le vampire qui sait parfaitement que je ne tiendrais pas un dixième de round contre lui, même s'il se battait à genoux et sans bras.

– Non. Je crois beaucoup plus efficace de te brûler comme je l'ai fait pour Séverin.

Ses yeux, d'abord incrédules, s'arrondissent de surprise.

– Comment tu sais qu'il s'appelle Séverin ?

– Je viens de te le dire : c'est moi qui l'ai cramé. Et j'étais tout seul. Ton maître vampire est un menteur.

Il hésite, avant de lancer d'une voix mal assurée :

– Qui me dit que c'est pas toi, le menteur ?

– Tu as raison. C'est raisonnable de ne pas croire aveuglément ce que racontent les gens. Je vais donc te faire une petite démonstration…

Joignant le geste à la parole, j'ouvre mon sac en grand et je farfouille à l'intérieur.

J'entends mon vampire qui déglutit.

– Tout compte fait, c'est peut-être toi, le magicien brûleur de vampires, reconnaît-il précipitamment. Tu me disais, à l'instant, que je pouvais t'aider ?

– J'ai dit ça, vraiment ? Je ne me rappelle plus. Revenons plutôt à cette démonstration…

– Un service ! Je peux te rendre un service ! C'est ce que tu disais, non ?

– Un service, je répète en faisant semblant de réfléchir. Ça y est, je me souviens ! Bah, ce n'est pas grand-chose. Je ne suis même pas sûr d'avoir besoin de toi pour ça. Je cherche tout simplement une goule.

– Une… goule ?

L'expression de dégoût affichée par Fabio me convainc de deux choses : 1. il en connaît une ; 2. elle acceptera volontiers le casse-croûte particulier que je trimballe avec moi.

– N'importe quelle goule, je confirme.

– Les goules sont dangereuses…

– Ne joue pas les grandes goules… euh, les grandes gueules avec moi, je le coupe sèchement. Tous les Anormaux sont dangereux. Potentiellement, en tout cas.

– Les Normaux aussi, rétorque Fabio piqué au vif.

– Je te l'accorde. Mais on s'éloigne du sujet. Alors cette goule? Tu en connais une, oui ou non? Et attention, je n'ai pas dit poule!

– Oui, je connais une goule. Seulement, t'expliquer où elle se cache serait trop long. Le plus simple, c'est que je te conduise. Je mets juste une condition à ce service: après ça, tu m'oublies. Définitivement.

– Tu te crois en mesure d'avoir des exigences? je réponds en plissant les yeux. D'accord, j'accepte, mais c'est parce que je t'aime bien. Et pas de coup fourré, hein, Fabio?

– Pas de coup fourré, soupire-t-il en récupérant ses vêtements sur le fauteuil et en se dirigeant vers la salle de bains.

« Tu as été épatant, Jasp.

–Merci. Et arrête de m'appeler Jasp! Le seul qui a le droit de le faire, c'est Jean-Lu, parce que en retour je peux le traiter de gros.

– Si tu essayes de m'appeler la grosse, je t'en colle une, Jasper.

–Ben voilà, c'est mieux comme ça !»

Après s'être habillé, Fabio a plaqué sur son visage un air renfrogné qu'il ne semble pas pressé de quitter.

Tandis que nous marchons à grands pas dans les rues ténébreuses, humides d'une pluie fine et prégnante, je me remémore ce que je sais des goules.

Les goules sont capables de changer de forme. Elles prennent le plus souvent l'apparence d'une femme (vieille de préférence), voire d'une hyène ou d'un chien galeux, mais elles restent reconnaissables à leurs pieds fourchus. Leur truc, c'est la viande en décomposition. C'est pour ça qu'elles fréquentent les cimetières. Elles possèdent aussi le pouvoir de paralysie. Beaucoup plus intéressant pour moi : ces nécrophages sont capables de lire dans leur « repas » les souvenirs du défunt. Et de les restituer (les souvenirs... re-re-beurk !), si on est assez convaincant. Heureusement, entre ma sieste et la seconde douche, j'ai eu le temps de préparer un petit quelque chose qui devrait rendre l'amie de Fabio coopérative...

– C'est encore loin ? je demande, transi, les épaules et les bras sciés par mes sacs.

– On arrive.

J'ai posé la question en devinant la réponse ; ça fait cinq minutes qu'on longe le mur du cimetière Romero.

– Tiens, elle se cache ici.

Fabio n'a pas dit « habite » et pour cause : nous venons d'entrer dans le cimetière, encore ouvert malgré l'heure tardive (quoiqu'il m'ait semblé que Fabio forçait sur la poignée de la grille).

Le vampire désigne un caveau, blanc à l'origine, couvert de déjections de pigeon. Une volée de marches mène à une porte en bois. Sur le fronton, un nom à moitié effacé : Famille Charrane. À mon humble avis, elle squatte.

Mon guide tape à la porte et entre sans attendre de réponse.

Contrairement à ce que j'avais imaginé, la pièce n'est pas plongée dans le noir. Des bougies, plantées anarchiquement sur les dalles du sol et les aspérités du mur, projettent leur lueur changeante.

Accroupie dans un coin, les bras autour des genoux, une vieille femme en haillons nous observe d'un regard brillant. Je ne peux m'empêcher de frissonner. Ses cheveux sont longs, gris et emmêlés, sa peau parcheminée, son corps osseux. Je remarque aussitôt ses pieds, ou plutôt son absence de pieds ; à la place, deux moignons formant une fourche, recouverts de corne.

« Elle ne doit pas aller souvent chez l'esthéticienne, celle-là !

– Ombe, c'est une goule, tu sais, celle dont la lèvre jamais ne se sèvre du sang noir des morts…

– Waouh ! Jasper le poète !

– C'est pas moi, fille inculte, c'est Victor Hugo.

– Peuh ! Ça aurait très bien pu être de toi.

– Ben, c'est gentil en tout cas. Désolé pour le "fille inculte".

– C'est pas grave, Jasp... euh, Jasper, tu es sous pression ! »

– Fabio, mon mignon ! s'exclame la goule d'une voix éraillée mais puissante. Ça faisait longtemps... Et lui ? Ce n'est pas un vampire. Ce n'est pas un humain non plus...

– Je suis un Agent de l'Association, j'annonce après m'être raclé la gorge.

Elle recule contre le mur en feulant comme un chat.

– Je ne suis pas en mission, je précise. Je suis venu pour une affaire personnelle.

– Je ne compose pas avec ceux de ton ordre, crache-t-elle. Va-t'en ! Fabio ! Emmène-le loin d'ici ou je ne traiterai plus jamais avec toi !

Le visage du vampire s'allonge un peu plus.

– Désolé, Lucinda. Il me tient. Je dois lui obéir.

Lucinda. La goule s'appelle Lucinda. Pourquoi pas Madame Irma, tant qu'on y est ?

– Ni vous ni moi ne sommes heureux d'être là ce soir, je reprends. Faisons en sorte que ce moment soit le plus bref possible. Lucinda, j'ai besoin de votre aide.

Les yeux de la goule se rétrécissent.

– Pourquoi je t'aiderais ? demande-t-elle en grinçant des dents (trop longues et désagréablement pointues). Qu'est-ce que j'ai à gagner ?

Je ne réponds pas, me contentant de me pencher sur mon sac et d'extirper deux bocaux transparents.

Le premier (le plus grand) contient les tripes du type au Taser.

« Dégueu ! Je suis contente de ne pas être là ! Quand tu vas dévisser le couvercle, ça va refouler grave ! »

Dans le second (de la taille d'un pot à cornichons) s'agite un ver rouge vif d'une dizaine de centimètres. Des fils semblables à des racines, situés sur tout le corps, cherchent vainement une faille dans la paroi. La particularité de ce métazoaire tubicole (pour les amateurs de soupe au ver mi-sel) est de ne posséder ni bouche ni estomac. Il se nourrit en enfonçant ses filaments dans les os de ses proies, pour y prélever les éléments nutritifs qu'il digère en s'aidant de bactéries symbiotiques.

Ah, encore une précision : cette variante d'*Osedax* (nom latin signifiant « Dévoreur d'os »), appelée *Osedax empusa*, ne s'attaque qu'aux morts-vivants !

En l'apercevant, la goule pousse un hurlement d'effroi et se plaque contre le mur. Je pense que c'est le moment idéal pour reprendre la parole.

– Je vous laisse le choix, Lucinda. Soit j'ouvre le grand

pot et vous lisez pour moi les entrailles qu'elle renferme, soit j'ouvre le petit et je libère le dévoreur…

C'est le *Livre des Ombres* de l'Ami des Morts qui m'a soufflé ce ver – enfin, l'idée !

En appeler un s'est révélé un jeu d'enfant. Un pentacle, quelques bougies, deux ou trois mots d'elfique et un bol de tajine en décomposition récupéré dans la poubelle, bref, la routine pour un sorcier accompli.

Je ne peux retenir un sourire satisfait.

« Tu es content de toi ?

– Il faut bien ! Si je comptais sur les autres…

– On n'est jamais aussi bien servi que par soi-même, c'est ce que tu cherches à me dire ?

– Exactement ! Maintenant, laisse-moi tranquille ! Je dois rester concentré. »

– Range le dévoreur dans ton sac, gamin, m'intime Lucinda en roulant des yeux furieux. Je lirai dans tes entrailles.

– Vous voulez parler de celles qui sont dans le bocal, j'imagine, je réponds en affermissant ma prise sur l'*Osedax*. Dans le doute, je vais garder mon petit ami à portée de main…

Je pose les tripes sur le sol et recule d'un pas. Je me retiens pour ne pas chantonner « viens gou-goule, viens gou-goule, viens… » mais c'est inutile, car elle s'approche, récupère le pot et regagne précipitamment le fond du caveau.

Lorsqu'elle retire le couvercle, une odeur affreuse se répand dans la pièce.

« Je te l'avais bien dit !

– Ouais, Ombe. Tu l'avais senti venir…

– Ah ! ah ! »

– Tu n'aimes pas ? je demande à Fabio qui fronce le nez d'un air dégoûté. Pourtant, c'est à la mode, les tripes, en ce moment.

– À la mode de quand ?

– Laisse tomber, je conclus en me rapprochant de la porte.

Lucinda, pendant ce temps, dépiaute méticuleusement les boyaux répandus sur le sol.

– Alors ? je m'enquiers.

– Beaucoup de choses, répond-elle sans me regarder. Que cherches-tu exactement ?

– Une adresse. Un endroit où il avait l'habitude d'aller.

– Il y a un lieu qui revient fréquemment. Un hôtel. Une chambre. *Le Smarra*, rue Nodier. Je vois un autre homme également. Un proche. Amant ou ami.

Elle se tait et lève vers moi des yeux insistants.

– C'est tout ce que tu veux savoir ?

– Oui, je réponds en remerciant mentalement les dieux. Je ne te dérangerai pas davantage.

– Et moi ? intervient Fabio. Je peux partir ?

– Tu peux partir. Une promesse est une promesse.

Comme s'il n'attendait que ça, le vampire se glisse hors du tombeau et disparaît dans la nuit.

– Merci ! je crie encore.

Je commence à ranger l'*Osedax* dans mon sac.

– Toi non plus, tu ne me reverras plus, je lance à la goule qui m'observe avec attention.

– Je sais. Beaucoup de gens veulent ta mort. Tu as très peu de chances de t'en sortir. Peut-être qu'on t'enterrera dans mon cimetière ! Je te réserve une attention toute particulière...

– Beaucoup de gens ? Que veux-tu dire ? je questionne en ressortant le bocal.

Je ne savais pas, jusqu'aujourd'hui, qu'on pouvait être impressionnant avec un ver à la main.

– L'ami du défunt, précise-t-elle, le regard fixé sur l'*Osedax*. Un mage noir, aussi. Plus un maître vampire. Et quelqu'un d'autre, que je ne parviens pas à identifier. C'est lui le plus dangereux.

– Chaque chose en son temps, je murmure entre mes dents.

– Les entrailles, me demande la goule au moment où je m'apprête à sortir. Tu ne les reprends pas ?

– C'est cadeau.

« Généreux de ta part, Jasper.

– C'est dans ma nature, Ombe, j'y peux rien.

– Qu'est-ce que tu vas faire maintenant ?

– Jouer les justiciers solitaires.

–Je peux venir ?
–Si tu veux. Mais tu me laisses faire à mon idée.
–Promis.
–Parole d'amie ?
–Parole de sœur. »

Prise de tête

Je voudrais revenir sur une de ces idées géniales qui germent parfois dans mon cerveau fécond.

Celle-ci m'a titillé pendant mon séjour chez les trolls et continue, depuis, de trotter dans ma tête : quel rapport existe-t-il entre les Anormaux et la magie ?

C'est le coup de l'aura d'Erglug qui m'a mis la puce à l'oreille. Les trolls ne font pas de magie. On peut même dire qu'ils y sont allergiques ! Pourtant elle s'exerce (à leur insu et indépendamment de leur volonté) lorsqu'elle les dissimule aux sens des Normaux.

Pareil pour les vampires : à ma connaissance, les buveurs de sang ne sont pas spécialement des mordus (ah ! ah !) de pratiques occultes. Mais ils vivent très vieux et sont très forts. Est-ce un legs génétique ou bien, là encore, l'intervention subtile de la magie ?

Les garous changent d'apparence et, détail qui a son importance, ne supportent pas l'argent… Bon, je touche là les limites de ma démonstration. C'est le fer qu'ils devraient craindre, plutôt (du calme les gars, j'ai pas dit Pluto), si la magie intervenait dans leur essence.

N'empêche que je suis persuadé qu'un lien puissant unit magie et créatures.

Et qu'il y a là un mystère, un secret qui reste à percer.

13 rue du Horla

« *Walter,*

J'ai fait ce que tu m'as demandé. Mes investigations auprès du Bureau international étaient ~~particulièrement chiantes~~ délicates. J'ai malgré tout ~~arraché~~ obtenu les réponses que tu voulais.

~~Le merdier~~ Les dommages que nous essayons de réparer et qui ont causé la mort d'Ombe sont le fait de la MAD. ~~Ces putains d'assassins~~ Les suspects travaillent pour l'Association.

Tu sais que j'aime autant la milice antidémon que les rapports que tu m'obliges à rédiger. La MAD (Mais Après moi le Déluge) ~~nous prend tous pour des cons~~ est trop indépendante et trop secrète. Elle dispose de crédits illimités ~~et nous emmerde~~ et ne rend de comptes qu'à Fulgence. Ce n'est pas un fonctionnement très sain.

À propos de Fulgence et de sa cohorte ~~de technocrates pouilleux~~ d'assistants : je me suis retenu vingt fois pour ne pas mettre mon poing dans la ~~sale gueule~~ figure de ces môssieurs de Londres qui promènent de réunions en séminaires leur costume en tweed et leurs airs de ~~constipés~~ conspirateurs, en jetant sur les pauvres Agents de terrain que nous sommes des regards ~~totalement méprisants~~ vaguement condescendants.

On m'a fait comprendre que ~~les extravagances~~ les actions de la MAD, quelles qu'elles soient, étaient prioritaires. Qu'il ne fallait pas les entraver. C'est pourquoi je te conseille de mettre ces ~~salopards~~ sales types hors d'état de nuire, avant qu'ils déclenchent ~~un autre bordel sans nom~~ une nouvelle bavure.

Je prends le premier train pour Paris.

Le Sphinx. »

Walter – Note personnelle – Dossier confidentiel.

Le Sphinx vient de me le confirmer – avec des mots bien à lui : c'est un membre de l'Association qui a tiré sur Ombe. Rectification : un mercenaire appartenant à la MAD. Une milice instituée par le Bureau international **en marge de l'Association** et dont l'unique objectif est de traquer les démons ayant réussi, par un moyen ou un autre, à pénétrer dans notre monde.

Les miliciens sont des Normaux, mais très bien entraînés et dotés d'armes exceptionnelles. Ombe, malgré toutes ses qualités, n'avait aucune chance.

Je suis d'accord avec le Sphinx pour regretter l'opacité qui entoure la MAD. Le règlement nous oblige à la contacter dès qu'un démon pointe le bout de son nez. Mais en retour, la milice ne donne aucune information, aucune explication sur ses opérations. Inutile de harceler le Bureau international pour en obtenir. Fulgence devient grognon quand on se montre trop curieux au sujet de sa chère milice !

Pourtant, j'ai des questions à lui poser et celles-ci partiront par lettre scellée dès que le Sphinx sera de retour et aura sécurisé le pigeonnier : est-ce que la MAD est directement impliquée dans la mort d'Ombe ? Si oui, pourquoi traque-t-elle des Agents de l'Association ?

Franchement, Fulgence a intérêt à me donner des réponses. À l'heure où l'une de mes stagiaires a perdu la vie et où je reste sans nouvelles d'un autre, je ne suis pas d'humeur à me contenter d'un haussement d'épaules dédaigneux…

Quant à la suggestion du Sphinx, il me semble évident qu'en attendant que toute la lumière soit faite sur cette troublante affaire, je ne tolérerai pas qu'un seul milicien confonde mon territoire avec un champ de tir.

12

La rue Nodier est sombre et déserte. Je souffle sur mes doigts pour les dégeler. Le froid, encore plus aigu que les jours précédents, ainsi que l'heure avancée expliquent en partie l'absence des passants, la réputation de coupe-gorge du quartier faisant le reste.

Au moins, il ne pleut plus.

J'ai posé mes affaires sur le trottoir où disparaissent lentement les traces d'un rituel, à proximité d'une poubelle métallique sans couvercle. J'ai profité du temps dont je disposais pour confectionner une dernière arme, en prévision de l'affrontement à venir.

À présent, tapi au coin d'une ruelle, je ne quitte pas des yeux l'entrée de l'hôtel Smarra.

Je suis allé tout à l'heure soutirer des informations au réceptionniste, usant d'un sortilège particulièrement efficace (un billet de cinquante euros...). Il a confirmé les dires de la goule. Un homme correspondant à la description réside là depuis deux semaines. Il partageait une chambre avec un collègue, reparti il y a quelques jours.

L'homme – qui se fait appeler Ernest Dryden – rentre le soir à une heure tardive.

L'hôtel est certainement truffé de pièges et de signaux d'alerte ; j'ai décidé d'attendre ce Dryden dehors.

« *Tu n'as pas peur de mourir, Jasper ?*

– Bah... Si je gagne, tu seras vengée. Si je perds, j'en aurai plus rien à faire.

– Tu ne réponds pas à ma question.

– Bien sûr que j'ai peur ! Je pète de trouille, si tu veux savoir. Mais qu'est-ce que tu veux que je fasse ?

– Renonce à ta vengeance. Passe la main à Walter.

– J'y ai songé, vois-tu. Ces dernières heures, j'ai eu moult occasions de cogiter !

– Et alors ?

– Tu te rappelles ces films dans lesquels le héros tient, à la fin, entre ses mains, le salaud qui a tué sa femme ou son fils ou son meilleur ami ? Et qui l'épargne, au nom de je ne sais quelle morale à la con ?

– Je me les rappelle très bien.

– Eh bien, ces films m'ont toujours énervé.

– Pareil pour moi !

– Alors tu vois, je ne sais pas pourquoi mais j'imagine très bien Walter dans le rôle du héros débile pardonnant l'impardonnable… »

Combien de temps j'attends, les mains enfouies dans mes poches, sautillant d'un pied sur l'autre pour ne pas perdre mes orteils ? Je l'ignore. Mais lorsqu'un bruit de pas retentit au bout de la rue, je suis prêt.

Lucide. Affûté comme un lama.

C'est bien lui : un homme de taille moyenne, serré frileusement dans un manteau gris, marchant sur le trottoir. Rien de remarquable. Mais il ne faut pas s'y fier. La seule fois où je me suis frotté à ce type, il a failli me tuer.

Je quitte la ruelle et me poste au milieu de la chaussée. Droit dans mes chaussures.

Il m'aperçoit et marque une hésitation. Puis sa trajectoire s'infléchit et il presse l'allure. Dans ma direction. Mon cœur s'accélère, fouetté par une brusque montée d'adrénaline.

Le face-à-face que j'appelais de mes vœux !

La preuve que j'avais raison et Walter tort.

Qu'un Agent qui marche va plus loin qu'une Association assise.

Que la ténacité paye.

L'occasion, aussi, de proposer une autre fin au film.

– Comment tu m'as retrouvé ?

Il s'arrête à quelques mètres et me fixe avec un mélange de satisfaction et d'étonnement.

– J'ai rendu une petite visite à ton copain, à la morgue, et je lui ai tiré les vers du nez, je réponds sans trembler.

Ses mâchoires se serrent. Bien que sans nouvelles de son pote, il ignorait visiblement sa mort.

– C'est ma copine qui l'a buté, celle que tu as flinguée l'autre soir, j'insiste avec un petit rire nerveux.

– C'est personnel ? Tant mieux !

– Pourquoi « tant mieux » ? je demande, soupçonneux.

– Parce que si c'est pour te venger, tu es venu seul.

Il sort les mains de ses poches et je l'imite aussitôt. Avec nos longs manteaux, immobiles au milieu de la rue, on ressemble aux héros d'un western réglant leurs comptes dans une ville paumée du Far West.

La pluie choisit ce moment pour se remettre à tomber. Il ne manque plus que l'aboiement d'un chien, le grincement d'une porte de saloon et les notes lugubres d'un harmonica.

D'un geste fluide, l'homme décroche de sa ceinture son fameux Taser et le pointe dans ma direction.

– Cette fois, me dit-il en souriant, ton compte est bon.

– Tu n'as pas mieux, Ernest ? je rétorque sans cesser de le regarder dans les yeux. Moi j'annonce huit lettres : bouclier.

Et je sors mon arme secrète de derrière mon dos, où elle pendait, accrochée à une ficelle.

– Un couvercle de poubelle ? s'esclaffe-t-il en pressant la détente de son arme.

Oui, mais pas n'importe quel couvercle. S'il était plus près, Ernest pourrait voir dessus, gravé avec la pointe d'un athamé, un pentacle couvert de runes.

Sur lequel se brise le flux d'énergie blanche.

Quelques flammèches réussissent à m'atteindre et j'endure à nouveau ce que j'ai déjà enduré deux fois, dans la rue du Horla et sur la moto d'Ombe : une douleur intense qui irradie dans mon corps tout entier. L'impression d'être dévoré, consumé par un feu de flammes froides.

Heureusement, le jade, le rubis et le diamant accrochés au lacet de cuir, éteignent le feu qui crépite à l'intérieur de moi.

Mon collier protecteur. Ma cuirasse, mon armure.

L'autre n'en revient pas. Et encore, il n'a pas tout vu ! Parce que je ne me contente pas de dévier le rayon. Je saute sur lui et le heurte violemment avec mon couvercle de poubelle.

Boing. Il titube.

J'en ajoute une couche en le frappant à nouveau.

Re-boing. Puis je lâche le couvercle cabossé devenu inutilisable, agrippe le Taser, que j'arrache à Ernest (toujours l'effet de surprise), et recule d'un pas en le menaçant à mon tour.

– Je vais te griller, j'annonce, épaté par la relative facilité avec laquelle j'ai circonvenu mon adversaire. Quand tu auras répondu à mes questions.

Il ne dit rien mais son petit sourire de gars pas impressionné pour deux sous calme aussitôt mon euphorie.

– Je veux savoir pourquoi tu as tué mon amie. Qui tu es et pour qui tu travailles.

Nouveau regard moqueur.

– Je m'appelle Ernest Dryden et je travaille pour l'Association.

Je manque d'en lâcher mon arme.

– Je ne te dis pas ça pour t'embrouiller ou parce que tu me fais peur, continue-t-il tranquillement. Mais parce que c'est la vérité, et que je sers la vérité. J'ai voué mon existence à extirper le mensonge de ce monde.

– Ça n'a aucun sens ! je m'exclame. Ombe et moi, on travaille pour l'Association !

– Travailliez… Ton amie et toi étiez des mensonges dont notre Organisation devait être purgée.

– Je ne suis pas mort, je corrige. Toi si. Et quels que soient tes délires ou ton état mental, il n'y aura pas de circonstances atténuantes.

Je ne lis ni peur ni regret dans son regard. C'est ce qui m'incite, sans doute, à presser la détente, libérant le flux d'énergie mystique qui frappe Dryden en pleine poitrine.

Cette fois, oui, je tremble. Ce n'est pas tous les jours qu'on donne la mort.

« Ne faiblis pas, Jasper. Pas de pitié. Cet homme a assassiné Ombe. Et son indifférence et l'absence de remords qu'il manifeste, sont monstrueuses ! »

Dryden bascule la tête et pousse un hurlement. De douleur.

Non, pas de douleur.

C'est un rire ! Un rire énorme.

Je fronce les sourcils. Les flammes blanches le dévorent. Il devrait se tordre sur le sol ! Au lieu de ça il bondit et frappe ma main qui tient le Taser.

L'arme vole à plusieurs mètres tandis qu'il m'immobilise avec une clé de bras qui m'arrache un cri.

– Immunisé, hein, c'est ça ? je halète.

– Tu ne comprends pas. Le rayon blanc ne peut me faire de mal. Je suis vrai. Je suis Ernest Dryden.

– Et moi ? Le bras que tu es en train de tordre, il est pas vrai, peut-être ?

– Ce bras t'appartient. Mais toi, qui es-tu ?

– Tu as raison, je ne comprends rien à ce que tu dis ! je reconnais en me tortillant pour échapper à la prise. Mais tu es un grand malade, ça c'est évid… Ahhhhh !

Un grand crac précède une insupportable douleur qui plante ses tentacules brûlants dans mon épaule. Ce con vient de me péter le bras !

– Pas besoin d'arme pour te détruire, confirme-t-il en ricanant.

Joignant le geste à la parole, il prend mon cou en étau dans le pli de son coude. Je me cramponne à lui de toute la force de ma main valide pour ne pas étouffer.

– Meurs donc, monstre !

Contrairement aux apparences, c'est Dryden qui vient de parler.

Illustrant parfaitement la relativité des points de vue : on est toujours le monstre de quelqu'un…

J'ai de plus en plus de mal à respirer. Des étoiles s'agitent devant mes yeux. Pourquoi est-ce qu'on essaye toujours, à un moment ou à un autre, de m'étrangler ? Erglug, quand il avait pété les plombs sous l'emprise du magicien noir, m'avait serré la gorge avec sa grosse main velue. Je m'en étais tiré en activant un sortilège qui l'avait mis à genoux. J'avais conservé des marques rouges pendant deux jours.

Réfléchis vite, Jasper, parce que dans quelques minutes il sera trop tard.

Je gémis.

Dryden accentue encore la pression.

Trop tard.

« *Jasper.* »

Trop ta…

« *Jasper !* »

Désol… Omb…

« JASPER ! »

J'émerge je ne sais comment de l'inconscience dans laquelle je suis en train de sombrer.

Mes yeux exorbités se posent sur mes doigts qui agrippent furieusement la manche de mon assassin, découvrant son poignet. Je remarque un symbole tatoué dessus. J'en avais vu un autre, lors de notre première rencontre, sur sa nuque. Bravo Jasper, tu vas droit à l'essentiel. Ce type est en train de te tuer et tu t'intéresses à des dessins…

Mon regard glisse sur la bague de ma mère, dont les fils d'or et d'argent entrelacés brillent sous l'éclairage des réverbères.

Dans ma tête tourbillonnent des images, des pensées.

L'or, éponge à énergies qui aime tant la lumière.

L'argent, métal aimé de la magie.

Les ténèbres, l'obscurité.

L'obscurité.

L'obscur…

« Jasper, s'il te plaît… »

Cave.

Une cave sombre.

Un rituel.

Une armure, une épée.

Une épée.

Je me souviens.

– *A… A senë… Poldorë…* . Libérez la force…

J'avais fait de mon anneau une arme.

Un anneau pour les carboniser tous.

Manque de puissance, de souffle ? Préparation bâclée ? En fait de rayon de la mort, la bague dégage une faible aura rougeâtre. Une lueur mollassonne qui suinte du bijou, qui se répand doucement sur l'avant-bras de Dryden et s'insinue à travers l'étoffe de son manteau.

– Mais qu'est-ce que… Bordel !

En même temps qu'il pousse un juron, l'étrangleur desserre sa prise. J'en profite pour prendre une grande goulée d'air, qui m'arrache les poumons. Je ne sais pas ce qui se passe, mais en tout cas, c'est bon pour moi !

Soudain Dryden me lâche complètement et je bascule en avant.

À trois pattes sur le bitume (mon bras cassé pend lamentablement contre ma hanche), je tousse et je crache, essayant de reprendre mon souffle. Ma gorge me fait un mal de chien.

Dryden pousse un autre hurlement. Cette fois, ce n'est pas un rire.

Puis une affreuse odeur de brûlé empuantit l'air.

Je tourne la tête. Ce que je découvre me glace le sang : bras et jambes écartés, tête renversée, il est en train de brûler.

De l'intérieur.

Par endroits, sa peau noircit et se racornit.

Soudain sa chevelure s'enflamme dans un grand « woufff », mettant fin à de terribles cris d'agonie. Incapable de bouger, j'assiste à la destruction de mon ennemi. À son éradication. Au sens premier du terme.

Et ça ne me procure aucune joie.

Tandis que l'homme qui fut Ernest Dryden, devenu un tas informe de vêtements et de chairs au milieu de la chaussée, achève de se consumer, je rampe en direction de la ruelle où j'ai laissé mes affaires.

– Ça y est, Ombe, je murmure. Il est mort, j'ai réussi. Tu es vengée.

Je n'obtiens pas de réponse.

Je m'adosse en grognant contre le mur, cherche fébrilement de la main la bouteille d'eau dans mon sac. Je la vide d'une traite pour éteindre une soif dévorante.

Chaque gorgée est un supplice, et une libération.

– Je ne regrette rien, il le méritait, je continue pour moi-même et les ombres qui m'entourent. Non, je ne regrette rien.

Je sors de ma poche la gourmette qui ne me quitte plus et je la serre dans mon poing, de toutes mes forces, presque convulsivement.

Puis je m'effondre en sanglots alors que la pluie qui redouble fouette mes épaules et disperse les cendres du meurtrier d'Ombe.

De mon amie.

De ma sœur.

Post-it

À mesure que le pouvoir d'un magicien augmente et que s'étend son savoir, le chemin qu'il emprunte devient plus étroit.

13 rue du Horla

– Rose, des nouvelles de Jasper ?

– Aucune, Walter. Nina a perdu sa trace dans le quartier des vampires. Elle y a aussi… senti une odeur de soufre.

– De soufre ? Bon sang !

– Ça ne va pas ? Vous êtes tout pâle !

– Ce n'est rien, ce n'est rien !

– D'habitude, vous êtes plutôt tout rouge quand vous êtes contrarié.

– Je ne suis pas contrarié ! Je suis… perplexe.

– Perplexe à quel sujet ?

– Au sujet d'Ombe. Et de Jasper. J'ai enfin eu le rapport du Sphinx : ils étaient dans le collimateur de la MAD depuis plusieurs semaines. C'est un milicien qui a tiré sur Ombe.

– Hein ?

– Oui, Rose, vous avez bien entendu. Et c'est encore un milicien qui traque Jasper en ce moment.

– Mais ça n'a aucun sens ! La MAD débusque les démons infiltrés et leurs serviteurs ! Jasper et Ombe ne sont… n'étaient… ah, comment dire ? Bref, ils ne sont ni l'un ni l'autre !

– Je sais, Rose. Les tests auxquels nous soumettons les futurs Agents sont infaillibles. Et rien dans leur attitude ne nous permet de douter de leur loyauté. Cependant…

– Cependant ?

– Certains détails me dérangent. J'ai pris le temps de relire leur dossier… Ils s'en sortent trop bien à chaque fois. Ombe face à Siyah, puis contre les loups-garous. Jasper et le démon, le maître vampire et à nouveau le mage noir. Ils se sont trouvés en fâcheuse posture, c'est vrai, mais ils ont survécu. Alors qu'ils auraient dû y rester.

– Vous ne trouvez pas que c'est plutôt une heureuse surprise qu'un motif de suspicion ?

– Vous me connaissez, Rose. Je suis ravi quand mes gosses reviennent de leurs missions sans une égratignure. Vous savez aussi que j'aurais, sans hésiter, pris la place d'Ombe sur la moto en sachant ce qui allait lui arriver… Je me pose des questions, c'est tout.

– Ombe est… était presque incassable. Quant à Jasper, sa maîtrise des arcanes ne cesse de me surprendre.

Rappelez-vous le bracelet ensorcelé qu'on a retrouvé sur lui après l'accident : il était noirci et déformé mais il avait visiblement absorbé la majeure partie du rayon qui a anéanti Ombe…

– Je vous le répète, Rose. Je me contente de m'interroger.

– Si je vous comprends bien, vous croyez qu'Ombe et Jasper sont au service des démons ?

– Je crois que, d'une manière ou d'une autre, à leur insu, d'ailleurs, c'est fort possible, ils ont un rapport avec Khalk'ru. Vous frissonnez, Rose ?

– Un courant d'air. Et si la milice faisait fausse route ? Si elle avait commis une erreur ? Ça ne serait pas la première fois qu'elle outrepasserait sa mission !

– J'y ai songé également, bien sûr. Mais comment démêler le vrai du faux ?

– Il existe un moyen, Walter. Il faut faire transférer le corps d'Ombe ici et pratiquer une autopsie mystique.

– Un rituel nécromant ? Ça m'ennuie de devoir en arriver là ! Mais après tout, vous avez sûrement raison. Ça nous permettrait d'en avoir le cœur net.

– Je m'occupe des formalités.

– Et Jasper ?

– Vous voulez connaître le fond de ma pensée ?

– Allez-y, Rose.

– Jasper est peut-être un Agent mais il est surtout un adolescent. Pour exister, il a autant besoin de s'opposer à nous que de faire notre fierté. Il reviendra de lui-même à la maison quand il l'aura décidé.

– D'accord, d'accord. J'espère seulement que ce sera en un seul morceau…

13

Je me réveille grelottant de fièvre dans les premières lueurs du jour.

Recroquevillé contre mes sacs, sur le trottoir, j'ai l'impression que je n'arriverai jamais à étirer mes jambes, à me redresser.

À me lever.

Je dégouline, je pue la fumée et le chien mouillé.

Seul point positif : mon bras. Je pensais le retrouver gonflé et tout bleu, gagné par la gangrène (j'exagère, je sais, je ne peux pas m'en empêcher). En fait, son aspect n'est même pas repoussant ! Il est tuméfié, bien sûr, et il me fait mal, mais je parviens à le bouger.

Ce constat me soulage. J'ai vraiment cru qu'il était cassé.

Je mets de l'ordre dans mes cheveux, me frotte le visage, défroisse mes vêtements pour avoir l'air un peu plus présentable.

Je charge ensuite mes sacs sur mon épaule droite et, tournant le dos à la rue Nodier, sans un regard pour les restes de feu Ernest Dryden (en dépit de tout et de tous, je conserve mon titre de roi des expressions bien choisies), je quitte le quartier à la recherche d'un café.

– Allô, mademoiselle Rose ?

– *Jasper !... Tu vas bien ?*

– J'ai connu des matins meilleurs, mais dans l'ensemble, ça va.

– *On s'est inquiétés pour toi...*

– Je sais. Je veux dire, je m'en doute ! Je vous demande pardon, Rose. J'avais mes raisons pour agir comme je l'ai fait. Je ne regrette rien. Sauf de vous avoir inquiétés.

– *Il vaut mieux que je te passe Walter.*

– Mademoiselle Rose, attendez !

– *Oui, Jasper ?*

– Il n'est pas... pas trop en colère ?

– *Devenir adulte, Jasper, c'est prendre ses propres décisions et en assumer les conséquences.*

– Il est en colère alors, je soupire en remuant la cuillère dans mon double expresso tandis que mademoiselle Rose me met en attente.

– *Jasper ?*

La voix de Walter est plus étonnée que fâchée. Mon angoisse diminue d'un cran.

– Je vous appelle pour vous dire que je vais bien et que je suis désolé d'avoir désobéi à vos ordres, je formule très vite pour éviter qu'il me coupe.

– *Bon, bon,* répète-t-il comme s'il ne savait pas quoi répondre. *Tu aurais pu te manifester plus tôt mais tu as fini par le faire. C'est tout ce qui compte. Il ne faut pas que tu restes seul. L'homme qui te cherche est très dangereux ! Nous devons…*

– Il est mort, je lâche.

– *Mort ? Mais… Qu'est-ce que tu racontes ?*

Il a l'air franchement abasourdi.

– Je l'ai retrouvé. On s'est battus. Je l'ai terrassé avec un sort.

– *Bon sang, Jasper ! Tu me dis la vérité ?*

– Promis, Walter. Je le jure sur la tête de…

– *Inutile, Jasper, je te crois. Bon sang, tu n'as rien ?*

– Une épaule déboîtée, c'est tout.

– *Tu es bien sûr que c'est l'homme qui a tiré sur Ombe ?*

– Sûr et certain. Il s'appelait Ernest Dryden. Il s'est vanté de travailler pour l'Association…

– *Pour… l'Association ? Euh, hum. Ah ? Tu dois absolument passer au bureau, on a beaucoup de choses à éclaircir.*

– J'ai plutôt envie de rentrer chez moi. Je rêve d'une douche chaude. Et puis ma mère doit commencer à s'inquiéter.

– Ta mère, oui... J'ai couvert ta disparition comme j'ai pu. J'ai dit qu'on t'avait transféré au dernier moment dans un service spécial pour des examens neurologiques.

Des examens neurologiques. Je suis certain de deux choses, à présent : ma mère est sûrement folle d'inquiétude et Walter n'a jamais étudié la psychologie…

– C'est gentil d'avoir pensé à ma mère, Walter. Qu'est-ce que je dois lui raconter, maintenant ?

– C'est ton problème, Jasper. Moi, je t'attends demain à la première heure pour faire un point complet.

– Euh, Walter… Demain on est le 1er janvier, je dis, tout surpris d'avoir encore une relative notion du calendrier (en réalité, un panneau dans le café prévient les clients que l'établissement sera fermé pour l'occasion). C'est pas que je cherche une échappatoire, mais il faudrait vraiment un miracle pour que ma mère accepte de me laisser repar…

– D'accord, d'accord. Après-demain. Au lever du soleil !

– J'y serai, je conclus en raccrochant.

Et en commandant un deuxième café.

D'abord pour finir de me réveiller.

Ensuite pour puiser quelque part le courage d'affronter l'« après-demain » de Walter.

Parce que je sais très bien que mon chef n'effacera pas l'ardoise. S'il a réagi de cette manière, c'est parce qu'il était alarmé et que le soulagement de me savoir tiré d'affaire a prévalu sur le reste. Mais ses derniers mots étaient lourds de menace : pas de doute, j'ai intérêt à profiter de mon répit. Parce qu'au second lever du soleil, je vais avoir droit à l'engueulade du siècle !

Avenue Mauméjean. Je traîne la jambe. La dernière fois que j'ai poussé la porte de chez moi, j'étais un fugitif en cavale. Le fugitif vient se rendre aujourd'hui aux autorités. Et quelles autorités ! Une mère qui se fait un sang d'encre depuis trois jours.

Des griffes plongent dans ma poitrine et me serrent le cœur.

Tant que j'avais un but, un but terrible qui transcendait tout, le reste n'avait pas d'importance. Seul comptait ma volonté de venger Ombe.

Maintenant que le but est atteint, me revoilà plongé dans une forme déprimante de retour à la normale.

Où tout ce que j'ai sacrifié dans l'accomplissement de mon devoir se rappelle brutalement à moi.

Ce n'est pas pour rien que les films s'arrêtent toujours sur le succès du héros. Sinon, le champion perdrait vite toute crédibilité. Est-ce qu'on l'imagine se débattre avec les assureurs réclamant le remboursement des immeubles détruits au cours de son aventure, avec la police cherchant à se faire payer des P.-V. de stationnement, avec une mère morte d'inquiétude ?

Qu'a dit Gaston Saint-Langers à ce sujet, déjà ?

« Quand faut y aller, petit, faut y aller. »
Bon, ben j'y vais alors.

– Maman ? T'es là ? je demande en refermant derrière moi la porte de l'appartement.

Je me suis composé un semblant de figure humaine devant la glace de l'ascenseur. Ce qui n'était pas gagné puisque je me suis encore fait peur en voyant mon reflet.

– Jasper ? C'est toi ?

Ben oui, qui d'autre ? Il y a beaucoup de garçons qui t'appellent maman ?

– C'est moi...

Je n'ai pas le temps d'en dire plus. Ma mère est là, devant moi.

Plus petite que d'habitude, à cause de sa démarche fatiguée.

Moins blonde, parce que ses cheveux sont retenus par le chignon qu'elle fait quand elle n'a pas le temps (ou le goût) de s'occuper d'elle.

Les yeux brillants de larmes qui se remettent à couler quand elle me voit.

– Mon grand ! hoquette-t-elle en se précipitant dans mes bras.

Je me débarrasse de mes sacs et je la serre contre moi.

Je la serre à l'étouffer. Et, jetant aux orties seize années de principes à la con, je sanglote à mon tour.

– Maman... Je suis désolé...

Je voudrais que cc moment s'éternise. Pour me libérer sur son épaule de la pression accumulée ces derniers jours. Mais ma mère est une battante qui pense depuis toujours que les larmes ne règlent rien.

Elle s'arrache doucement à mon étreinte, recule d'un pas, sèche ses yeux d'un revers de manche et m'observe attentivement.

– Ça va, Jasper ? Le médecin qui s'occupe de toi m'a parlé de tests complémentaires... L'hôpital t'a laissé sortir dans cet état ? Ce manteau est à toi ? Je ne t'ai jamais vu avec... Qu'est-ce qui t'a pris de traverser la rue sans regarder ?

Sa façon à elle de se libérer.

– Promis, je vais t'expliquer, je réponds sur un ton suppliant après m'être essuyé les yeux à mon tour. Mais j'aimerais prendre une douche avant. S'il te plaît.

Elle hésite (elle sait que j'ai parfois tendance à me défiler), fronce le nez et convient que c'est effectivement la meilleure chose à faire.

– Pendant ce temps, je vais préparer du thé et téléphoner à ton père pour le rassurer. Tu sais qu'il s'inquiète beaucoup ?

S'il s'inquiétait tant que ça, il serait là avec toi, et il aurait remué ciel et terre pour me retrouver...

Je garde cette remarque pour moi et fonce à la salle de bains. Parce que la douche, ce n'est pas une ruse pour échapper à une inévitable conversation.

J'en ai vraiment envie.

J'ai l'impression d'avoir sur moi l'odeur de la mort.

Lorsque je quitte la pièce, fumant comme au sortir d'un hammam, ma mère est encore au téléphone. Mon bras a cessé de m'élancer, j'arrive à le bouger presque normalement. Le corps humain est beaucoup plus résistant qu'on ne croit.

Je file dans ma chambre, récupérant au passage les deux sacs qu'elle a posés devant la porte (c'est une autre de ses manies, imposer l'ordre dans la maison). Cette fois, je racle vraiment les fonds de placard pour trouver de quoi m'habiller. Puis je m'assieds à mon bureau. Rien ne presse. Elle viendra bien assez tôt m'annoncer que le thé est servi.

Me laver m'a fait un bien fou. L'eau, en ruisselant sur ma peau, a effacé bien plus que la saleté. Je refoule dans un coin de ma tête la cohorte d'images et de sensations qui ne demandent qu'à m'envahir.

Il s'est passé tant de choses depuis cette terrible nuit de Noël !

Un détail que je ne parviens pas à chasser surnage dans cette marée de souvenirs : je n'entends plus la voix d'Ombe dans ma tête.

Je ne peux pas affirmer que j'entendais VRAIMENT Ombe (enfin je crois), mais mon cerveau s'était accoutumé à ces étranges dialogues. J'aimais ça. Non : j'adorais !

Est-ce que son fantôme, enfin vengé, s'est définitivement évaporé ?

Ça me manque terriblement de ne plus l'entendre.

– Lâcheuse, va, je dis à voix haute.

Puis je pense à Ernest Dryden. Protégé par des sorts puissants qui empêchaient toute localisation. Pourquoi la haute magie mise en œuvre dans ce but n'est-elle pas venue à son secours, quand il s'est retrouvé en difficulté, face à moi ?

De fil en aiguille, je repense aux tatouages que le meurtrier portait dans la nuque et sur le poignet. Je les griffonne sur un bout de papier. Puis j'allume mon ordinateur et le scan, importe mes dessins sur le bureau et récupère Fafnir dans la poche du manteau jeté en boule dans un coin de la chambre.

Je branche la clé USB sur l'un des ports et attends, comme d'habitude, le bon vouloir de mon sortilège de recherche.

Fafnir apparaît sur l'ordinateur sous la forme d'un cheval. D'un cheval obèse peinant à avancer.

Qu'est-ce qu'il lui prend à ce crétin ?

Je fais bouger, avec la souris, les deux symboles sous son nez et je murmure dans le micro :

– 

« *Hunlocënya… A tuvë i ehtelë narwio tanar…* Mon dragon-chien… Trouve la source de ces signes… »

Le dragon-chien à figure de cheval me regarde tristement. Puis il lève la queue et lâche sur le drapeau de pirate qui me sert de fond d'écran un chapelet de crottin.

Qui se transforment aussitôt en fichiers et se rangent sagement sur le côté.

Où est-ce que cet imbécile est allé fouiner ? Je clique sur le premier. C'est un article de journal, un journal canadien, qui parle d'un bébé trouvé dans la neige. J'ouvre les autres. Encore des articles. Bon, je glisse le tout dans un dossier auquel je donne le nom de « Ombe ». Parce que, bien évidemment, c'est sur son ordinateur que ce fouineur de Fafnir, hier, a ingurgité tout ça !

Délesté, le dragon-cheval hennit, esquisse une ruade et part au galop, disparaissant dans la nuit de l'écran.

Il ne met pas longtemps à revenir. La queue entre les jambes, si elle n'avait pas été en flammes ! De toute évidence, Fafnir s'est à nouveau heurté à un sort de protection suffisamment puissant pour l'obliger à stopper toute investigation.

Je déconnecte immédiatement l'ordinateur pour couper court aux contre-attaques éventuelles. Mon sortilège piaffe, les jambes tremblantes, tandis qu'il éteint les flammes dans un pli du drapeau. Puis il réintègre, sans que je lui dise rien, la clé, qu'il doit sûrement considérer comme sa niche, son terrier ou son écurie (je ne sais plus, avec lui).

Voilà qui est intéressant.

Il y a, quelque part, un magicien qui interdit d'être curieux. Un sorcier qui protège une organisation mais semble ignorer ses membres.

Je récapitule.

Un : Ernest Dryden et son collègue, bien qu'ils soient Normaux, prétendent travailler pour l'Association, essayent de me tuer et parviennent à... assassiner Ombe.

Deux : À en juger par la réaction de Walter, Ombe et moi sommes les principales cibles de leurs attaques. Qu'est-ce qui justifie ce choix et cet acharnement ?

Trois : Ces assassins obéissent à quelqu'un (le quelqu'un que la goule ne parvenait pas à identifier ?). Ils appartiennent à une organisation (ils en portent d'ailleurs les marques de reconnaissance), une organisation dont les secrets sont protégés par une magie puissante.

Quatre : À propos de magie... Ernest Dryden s'est montré insensible au rayon du Taser mais pas au pouvoir de ma bague. Les membres de cette organisation sont-ils immunisés contre les effets de leurs propres armes ?

Cinq : Ernest Dryden était persuadé d'agir pour une cause juste (sa sincérité était carrément flippante). Il me vouait une haine dévorante, confinant au sentiment mystique.

Six : Walter me prend pour un jambon et en sait beaucoup plus qu'il ne veut le dire (après-demain, ça sera donnant, donnant !).

Sept : Un sentiment nouveau est en train d'éclore en moi. Un mélange de frustration et d'inachèvement, de colère froide et de détermination. Je pensais venger Ombe en tuant son meurtrier. En réalité, je sais maintenant de façon lumineuse que c'est le commanditaire de sa mort, le marionnettiste et pas la marionnette, qui doit connaître un juste châtiment. Je croyais la traque achevée : elle commence…

– Jasper ?

Plongé dans mes réflexions, j'entends à peine toquer à ma porte. Ma mère entre dans la chambre.

– Le thé est servi !

– Chouette ! je réponds sans me forcer parce que l'idée d'une tasse de thé et (je croise les doigts très fort) d'une part de gâteau (et de quelques biscuits ?) me met l'eau à la bouche. Je ferme les applications en cours et j'arrive !

– Je t'accorde deux minutes.

Elle a retrouvé son sourire. Je sais qu'elle a pris le temps de passer, elle aussi, à la salle de bains. Elle est redevenue elle-même.

– Tu n'as pas froid, en tee-shirt ?

Mon pull est resté sur le lit. Je n'avais pas remarqué que j'étais en manches courtes.

– Non, ça va. J'ai même un peu chaud.

– Moi, je trouve qu'il fait froid dans cet appartement. Ça ne te dérange pas si je monte le chauffage ?

– Non, fais comme tu veux.

– Il te reste une minute, Jasper.

– Ça y est, j'ai fini, j'arrive !

Je ferme l'ordinateur et me lève. Peu importe la teneur de la discussion que nous allons avoir, ma mère et moi. Au moins elle est là, et je sais qu'elle va me consacrer du temps, en proportion de sa culpabilité que j'espère énorme !

Je me sens bien. Non, pas bien, c'est faux. Mais depuis que je sais ce qui me reste à faire, je me sens mieux.

Ce n'est déjà pas si mal !

« *The conflict is pure*
The truth devised
The future secured
The enemy designed ... », je fredonne en rejoignant ma mère dans la cuisine.

Tiens, je ne savais pas que je la connaissais, celle-là. Ce n'est pas les *Doors*. Une rengaine entendue dans le café ce matin, sans doute...

- *Orë matina* -
Le cœur mangé

J'ai pensé à des mots, Ombe, en m'endormant chez toi dans le salon. Ils sont pleins de cette mélancolie que les elfes ont emportée avec eux, sur les rivages gris. Je te les dédie.

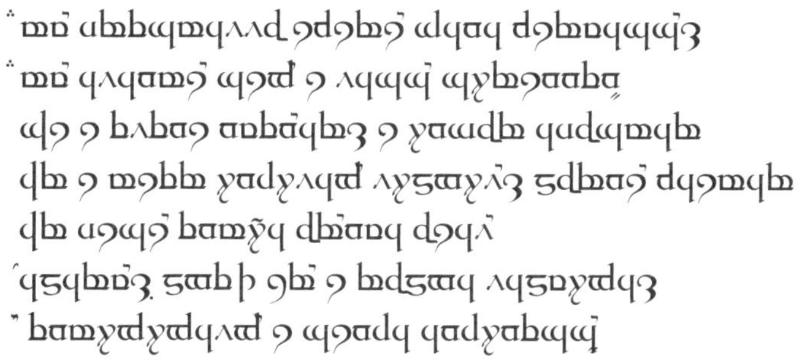

Etyë hrestallo iciriё fana ciryassë,
Etyë alantië sivë i lassë surinnen…
Si i eleni nyenëar, i ungor ahostar
Ar i tier undulavë lumbulë, mornië caitar
Ar hisië entupa orënya oialë !
Namaryë, Ombe ! Irë i romba lamyuva,
Vë entuvuvalvë i sinda andunessë…

Tu as quitté le rivage sur un bateau blanc,
Tu es tombée comme la feuille dans le vent…
Maintenant les étoiles se lamentent, les sombres nuages se rassemblent
Et les routes sont noyées dans l'ombre, les ténèbres s'étendent
Et la brume recouvre mon cœur pour toujours !
Adieu, Ombe ! Quand sonnera le cor,
Nous nous retrouverons dans le gris crépuscule…

Tu me manques, Ombe.

Épilogue

– Walter ?

– Rose !

– Nina et Jules sont avec moi.

– Jules ? Mais… qu'est-ce qu'il fait là ? Il ne devrait pas… ?

– C'est bien le problème. Vous venez ?

– Bon sang, j'arrive tout de suite !

– Nina, raconte ton histoire à Walter.

– Voilà. Mademoiselle Rose m'a téléphoné il y a trois heures environ pour me confier une nouvelle mission. Elle m'avait prévenue que l'Association risquait d'avoir besoin de moi, alors je n'ai pas été surprise.

– Je n'étais pas au courant !

– C’est moi qui ai pris cette initiative, Walter.

– Ah ! Bon, bon. Continue, ma fille.

– Je me suis rendue sur le boulevard de Fombelle, où devait passer le fourgon que mademoiselle Rose m’avait chargé de surveiller.

– Une mission de surveillance ! Très bien, très bien.

– J’ai attendu longtemps, très longtemps. Ça m’a paru louche. J’ai téléphoné à mademoiselle Rose, qui m’a demandé de remonter le boulevard à sa recherche.

– Et alors ?

– J’ai trouvé la camionnette à la hauteur de la rue des Épouvantails. Renversée sur le côté.

– Hein ?

– Du calme, Walter. Et toi, Nina, poursuis.

– Le chauffeur était dans l’habitacle, couvert de sang. C’était horrible ! Il ne respirait plus.

– Et le corps, à l’arrière ?

– Disparu.

– Par tous les dieux !

– Jules, tu peux expliquer à Walter ce qui s’est passé ensuite ?

– Ben, quand j’ai vu Nina arriver, je suis sorti de ma cachette et je me suis précipité vers elle. J’avais les jambes comme du coton ! Je m’étais glissé, comme on me l’avait demandé, dans le fourgon quand les employés ont chargé le coffre réfrigéré contenant le corps d’Ombe. À un moment, j’ai entendu une explosion.

La camionnette s'est retournée et a percuté un mur. Puis la porte a été arrachée par deux types habillés d'une combinaison noire qui les couvrait entièrement. Comme des ninjas. Vous voyez ce que je veux dire ?

– On voit très bien.

– Évidemment, ils ne m'ont pas remarqué. Ils ont sorti le coffre et se sont enfuis. L'un d'eux le portait sur ses épaules. Je me suis mis à l'abri et j'ai attendu d'avoir moins peur pour vous prévenir. Nina m'a devancé.

– Par tous les dieux !

– Ça pèse combien, à votre avis, Walter, un coffre réfrigéré ?

– Je ne sais pas, moi. Cent vingt kilos ?

– Auxquels on peut ajouter le poids d'un corps. Vous connaissez beaucoup de personnes capables de partir en courant avec cent quatre-vingts kilos sur l'épaule ?

– Oui. Un troll, un garou, un vampire…

– Mais pas un humain.

– Jules a également relevé que leurs gestes étaient très rapides.

– Vampires, alors.

– Vampires.

– Mais, Rose, pourquoi des vampires ?

– Un instant, Walter… Jules, Nina, merci beaucoup. Vous pouvez rentrer. Vous l'avez bien mérité.

– Vous êtes sûrs qu'on… ?

– Certaine. Ce soir, c'est le réveillon, non ? Vos amis

ou vos parents vous attendent ! J'ai pris bonne note de vos déclarations. Je vous appellerai s'il me manque quelque chose. Ah oui : malgré la fête, n'oubliez pas de garder vos téléphones près de vous. Nous sommes en état d'urgence.

– Ah bon ? Depuis quand, Rose ?

– Depuis maintenant, Walter... Allez, filez, les enfants !

– Beau boulot, jeunes gens, beau boulot !

– Votre sentiment, Rose ?

– La motivation des voleurs m'échappe, Walter. Pour l'instant en tout cas. Peut-être y a-t-il un rapport avec le trafic de drogue démantelé par Ombe et Jasper...

– Une vengeance ?

– Peu probable. Un moyen de chantage ?

– Il y a une autre hypothèse, mais elle repose sur des éléments fragiles.

– Vous trouvez, vous aussi, que cet enlèvement tombe rudement bien pour empêcher une autopsie mystique ?

– Une coïncidence troublante, Rose, en effet. Les vampires pourraient être des hommes de main. Mais pour quels commanditaires ?

– C'est toute la question.

– Et puis, comment auront-ils su ?

– Ils guettaient peut-être l'occasion de faire disparaître un corps qui aurait révélé des secrets compromettants.

– Compromettants pour qui ?

– Ah, Walter ! C'est, encore une fois, toute la question… Est-ce que le Sphinx est rentré ? Nous allons avoir grand besoin de lui.

– Non, Rose, je ne l'ai pas vu. Son train est pourtant arrivé il y a deux heures. Je suis étonné. D'habitude il prend le chemin le plus court. Il devrait déjà être là.

– Vous croyez qu'il a pu lui arriver quelque chose ?

– Au Sphinx ? Grands dieux, non ! Qui serait suffisamment inconscient pour s'en prendre à lui ?

– Considérant les événements de ces derniers jours, Walter, je me permets d'envisager toutes les situations.

– Même les plus invraisemblables ?

– Surtout les plus invraisemblables.

Découvrez un extrait de la suite des aventures de Jasper, à paraître en octobre 2011 :

Ce qui dort dans la nuit

Erik L'Homme

L'aurore agite tout juste ses doigts de rose lorsque je franchis la porte de l'immeuble décrépi qui abrite les bureaux icebergiens de l'Association (je rappelle, pour les distraits qui auraient raté les précédentes visites, que ses locaux s'enfoncent profondément sous la surface).

À cette heure, aucune chance de tomber sur la sympathique madame Deglu, présidente de l'Amicale des joueuses de bingo et sosie de Carmen Cru (les bédéphiles me comprendront, les autres n'auront qu'à imaginer un croisement entre une chouette déplumée et un sac de patates). Ce qui m'arrange, puisque je suis suffisamment nerveux comme ça. J'ai rendez-vous avec Walter pour l'engueulade du siècle...

Je rajuste ma mise sur le palier du deuxième étage, essaye de me calmer et tape doucement à la porte, à côté du panonceau affichant en lettres fatiguées : « L'Association ». D'habitude, un simple toc-toc suffit à déclencher un clic donnant accès au bureau de mademoiselle Rose.

Aujourd'hui, rien.

J'insiste ! En vain...

Je tambourine carrément, sans autre résultat que de faire tomber des lambeaux de peinture verte (immonde comme elle est, c'est toujours ça de pris). J'hésite à flanquer un coup de pied dedans, puis je me retiens en pensant aux sortilèges qui protègent l'ouverture.

C'est quand même bizarre.

D'habitude, on trouve toujours quelqu'un à l'Association : Walter, Rose, le Sphinx, des stagiaires venus se faire engueuler... Là, *nada*. Personne.

Les vacances ? Ça m'étonnerait. Je vois mal mademoiselle Rose avec des skis aux pieds ! Les extra-terrestres ? Peu probable. À en croire les films, leurs vaisseaux spatiaux ont pris un abonnement de parking dans le ciel américain.

Peut-être, tout simplement, qu'on n'a pas la même

notion de l'aube. J'ai, pour ma part, effectué de savants calculs afin de ne pas être en retard. Se faire engueuler par le patron, d'accord ; le mettre en rogne, pas question ! Je choisis donc de patienter et m'assieds sur une marche. C'est manifestement beaucoup de conscience, de la part d'un jeune stagiaire qui va passer un mauvais quart d'heure. En fait, c'est plus intéressé que ça. J'ai, moi aussi, des questions à poser…

À suivre…

L'aventure continue !

déjà parus

1. La pâle lumière des ténèbres
Erik L'Homme

2. Les limites obscures de la magie
Pierre Bottero

3. L'étoffe fragile du monde
Erik L'Homme

4. Le subtil parfum du soufre
Pierre Bottero

à paraître en octobre 2011

6. Ce qui dort dans la nuit
Erik L'Homme